더 데이

The Day

더 데이

어느 여경의 하루

지니 지음

"긴급신고 112입니다."

접수 멘트는 간단하다. 112상황실에서는 전화를 받을 때
'안녕하세요, 반갑습니다.'라고 말을 시작할 필요가 없다.
내가 해야 할 일은 신고자로부터 상황에 대한 정보를 최대한 끌어내는 것,
그리고 현장 경찰관이 최대한 빨리
현장에 도착하도록 하는 것이 제일 중요하다.

좋은땅

* * *

캄캄한 어둠이다. 누군가 내 손을 잡는다. "여보, 수
술 잘될 거야. 수술 끝날 때까지 대기실에서 기다리고 있
을게. 힘내. 우리 같이 집에 돌아가야지. 애들 기다리는
데…." 남편의 목소리가 떨린다. 눈을 떠 본다. 어지럽다.
흐릿하게 비치는 빛은 천장의 형광등 불빛인가. 눈이 아
프다. 눈을 감는다. 내 눈은 이제 실명 상태인 건가. '여보,
나 무서워. 너무 무섭다. 손 좀 더 꽉 잡아줘. 꽉 안아 줘.'
라고 말하고 싶은데, 입이 안 움직인다. 나 하고 싶은 말
이 있는데. 가슴이 뜨겁다. 목이 뜨겁다. 눈이 뜨거워진
다. 감은 두 눈에서 눈물이 흐른다.

내가 얼마나 오래 의식을 잃고 있었던 걸까. 드문드문
기억이 난다. 그랬다. 두 번째 뇌졸중이 있었다고 했다.
그래서 난 지금 수술실 앞에 있는 거구나. 내가 누워 있는

침대의 바퀴가 굴러간다. 데굴데굴 굴러가는 바퀴의 진동을 따라 내 몸이 흔들흔들 움직인다. 수술 준비실에 들어왔나 보다. 이곳은 너무 춥다. 수술방의 냉한 기운에 몸이 덜덜 떨려 온다. 안 떨고 싶어서 힘을 꽉 주어도 내 몸은 나의 의지와는 상관없이 추위한다. 이불이라도 좀 따뜻한 걸로 덮어 주면 좋으련만 얇은 홑겹의 린넨 이불인지 춥다. 옆 침대에서 남자 말소리가 들린다. 나 말고도 다른 수술 환자가 있는 건가. 다른 사람의 침대인지 바퀴 소리가 들린다. 수술방으로 이동하는 건가? 내 침대 쪽으로 온 남자 목소리가 말한다. "들어 올립니다. 하나, 둘, 셋…." 침대보 양쪽 네 귀퉁이를 잡고 번쩍 들어 올리더니 나를 옆으로 옮겨 놓는다. 데굴데굴 바퀴 소리. "자, 마취약 들어갑니다. 하나, 둘, 셋, 넷…." 의식이 점점 흐릿해진다.

무서워서 벌벌 떨고만 있는 겁쟁이 같은 내 모습에 화가 난다. '넌 엄마잖아. 좀 더 힘내야지. 좀 더 용기를 내야지. 이렇게 약한 모습만 보이면 어떻게 해. 엄마는 강해야 하는 거잖아.' 화도 내 본다. '지금 힘들지? 이 순간 또한 지나갈 거야. 그러니까 맘 굳게 먹어'라며 마음을 다잡는다. '나 우리 애들한테 돌아가야 하는데. 아이들한테 올여름에 제주도 여행 가자고 약속했는데…. 그 약속 꼭 지켜야 하는데…. 하느님, 제발 저 좀 살려 주세요…. 눈이 안보이게 되어도 좋으니 살려만 주세요. 제발…. 제발….' 빌고 또 빌었다.

너희들에게 난 좋은 엄마였을까? 그러고 보니 나 너희들한테 인사도 못 하고 여기 있네. 엄마는 좀 더 너희들한테 잘해 주지 못했던 게 후회가 돼. 엄마가 처음이었기에 서투른 게 너무 많았지. 왜 이렇게 너희한테 미안했던 생각만 나는 건지. 미안해, 애들아. 다시 기회가 주어진다면 너희들한테 짜증 내지도 않고, 숙제하라고 잔소리하지도 않고, 인터넷 게임은 조금만 해야지 게임 중독된다며 구박하지도 않고, 하루 종일 휴대폰만 들여다본다고 혼내지도 않고, 사랑만 듬뿍해 줄 텐데. 너희가 좋아하는 가족여행도 많이 다니고, 맛집도 찾아다니고, 재밌는 체험도 많이 하고, 우리 가족 좋은 추억만 가득 쌓고, 뽀뽀도 더 많이 해 주고, 더 많이 꼭 안아 줬을 텐데. 그리고 사랑한 다는 말도 많이 해 줬을 텐데. 너희는 엄마한테 최고의 아 이들이었다고. 내 아이로 태어나 줘서 고맙다고. 그렇게 말해 줄 텐데.

* * *

그날은 평범한 아침이었다. 아침 여섯 시를 알리는 알 람 소리가 시끄럽다. 몸이 너무 무겁다. 머리는 깨질 듯 하다. 알람을 끄고 5분만 더 잘래를 외치며 이불 속으로 파고든다. 두세 번의 알람이 울린 뒤에야 부스스 일어난 다. 아침에 일어나서 코로나 건강 자가진단 앱을 열어 이 상 없음으로 애들의 건강 상태 체크부터 제일 먼저 한다.

아침마다 매일 잊지 않고 하려니 이것도 일이다. 깜박 잊거나 늦기라도 하는 날이면 아이 알리미 앱에서 빨리 체크하라고 문자가 날아오고, 담임 선생님께서 바로바로 확인 전화가 걸려 온다. 출근 준비부터 하기 위해 내가 먼저 일어나 씻고 아침 준비를 한다. 내가 먼저 준비가 안 되어 있으면 나중에 세수도 못 하고 출근해야 하는 불상사가 생길 수도 있으니까. 대충 로션을 바르고 아이들을 깨운다. '소 귀에 경 읽기'인 아들 두 녀석. 말로 깨우려니 내 목만 아프다. 말보다는 확실히 몸으로 직접적인 터치가 빠르고 효과적이다. 간지럼 몇 번이면 금방 일어날 녀석들이.

"얘들아, 오늘 아침 뭐 먹을래?"

"아무거나, 엄마 편한 거요."

"음, 그럼 시리얼에 우유 먹을까 아님, 빵이랑 수프 먹을까?" 아이들은 시리얼에 우유가 좋단다.

"오케이, 1분이면 되지."

그릇에 시리얼을 부어 놓는다. 우유는 각자 먹을 만큼 부어 먹을 수 있게 식탁 위에 둔다. 우유를 미리 부어 놓으면 눅눅해지니까. 아침 준비가 너무 간단한가. 괜히 찔리는 마음에 하루 견과 한 봉지씩 뜯어 시리얼 그릇에 같이 부어 준다.

"자, 맛있겠다. 얼른 먹자. 우리 완전 아메리칸 스타일 같지 않아?" 괜히 대단히 맛있는 음식인 양 과장해 말하는 나. 워킹맘이라 애들 아침을 소홀하게 먹인다는 죄의식을 조금이나마 덜어 보려고 오버하는 거다. 하루는 기분 좋게 시작하자는 게 내 신조니까. 최대한 콧소리 듬뿍, 웃음 빵빵 애교를 부려 준다.

그래도 아침 메뉴가 매일 똑같진 않다. 내 나름대로 우유 대신 두유를 부어 줄 때도 있고, 바나나 또는 사과를 잘라서 시리얼에 넣어 주기도 하니까. 그리고 빵도 흰 빵보다는 곡물 식빵이나 식이 섬유소가 풍부하다는 통밀 식빵으로 산다. 재료에 뭐가 들어갔는지, 원산지는 어디인지 꼼꼼히 확인해 보고 그나마 건강한 식빵을 고른다.

계란 간장 비빔밥을 해 주는 날은 더 간단하다. 밥에

계란후라이 한 장 올려서 간장이랑 참기름 한 숟가락에 깨소금 한 꼬집, 5분이면 끝이다. 김치 한 조각 올려서 김에 싸 먹으면 간단한 한 끼 식사 완성이다. 된장찌개에 나물이랑 고기반찬 골고루 차려 낸 영양 가득한 아침 한 상차림은 아니겠지만, 이것이 내 나름대로의 절충안인 셈이다.

아이들이 어릴 때는 음식도 골고루 잘해 먹이고 싶고, 과자는 유기농으로 가려 먹이고 싶고, 옷도 메이커로 잘 입혀서 내보내고 싶고, 공부는 남한테 싫은 소리 안 듣게 시키고 싶고, 이것저것 뭐든 잘해야지, 완벽해야지 하는 강박 관념에 스스로를 다그치고 무리하기도 했었다. 하지만 내 깜냥을 잘 알기에, 완벽하게 모든 걸 잘하는 것은 불가능하다는 것을, 내 능력 밖임을 알기에 현실과 이상 사이에서 타협안을 찾았다.

일주일에 두 번 정도는 반찬가게에서 사 온 반찬들로 차려 낸다. 집 가까이 맛있는 반찬 전문점이 있다는 것은 얼마나 축복인지. 요리에 소질이나 취미가 있다면 모를까, 나는 절대 반찬가게 이모님의 손맛을 따라갈 수 없다. 또 TV 홈쇼핑에서 산 갈비탕이나 김치도 얼마나 잘 만들어져 나오는지. 묵은지, 생 김치, 깍두기, 갓김치까지 입맛대로 고를 수 있다. 중요한 건 내가 직접 담은 것보다 훨씬 맛있다는 거다.

가족들의 먹거리에 약간 욕심이 많았던 나는 작년까지만 해도 무리하며 모든 걸 내 손으로 직접 만들어야 안심이 되었다. 그랬던 내가 왜 이렇게 변했느냐고? 작년 가을부터 갑자기 손에 원인 모를 통증이 시작되었다. 손가락 관절 마디마다 팥알만 한 혹이 불룩하니 두어 개씩 생겨났다. 주먹을 쥘 수도 없고 힘을 주어 물건을 꽉 잡을 수도 없었다. 사무실 업무는 물론 집안 살림을 하는데도 힘들었다. 특히 손을 많이 써야 하는 요리는 너무 큰 고통이 수반되는 작업이었다. 정형외과에 가서 엑스레이를 찍어 보니 뼈는 이상이 없다고 한다. 초음파 기계로 손가락 관절 마디 사이를 움직이며 들여다보니, 관절 마디마다 시커먼

부분이 보이는 게 염증 덩어리라고 한다. 방아쇠 수지 증후군, 손목 터널 증후군?

일차적으로 주사 치료를 해 보고 통증이 계속 있으면 2차로 체외충격파 치료를 해야 한다, 더 심해지면 수술을 해야 한단다. '주사 맞거나 아픈 건 싫은데 그냥 약 먹는 건 안 되나요?' 하고 물어보아도 소용없다. 결국, 주사로 손에 약물 주입을 하기로 했다. 마취도 없이 의사 선생님께서 오른쪽 손바닥에 굵은 바늘을 쑥 밀어 넣는다. '헉' 생각지도 못한 통증이다.

우리 온몸의 피부 중 주삿바늘로 찔렀을 때 어디가 제일 아플까? 머리, 얼굴, 손, 발, 배, 팔, 다리? 내 생각엔 손바닥이다. 1위가 손이 아니라면 적어도 상위 1~3순위 안에 들 거라고 장담한다. 손으로 정밀한 작업을 많이 하고 신경도 제일 많이 분포된 곳이니 통증도 제일 많이 느끼지 않을까?

주삿바늘이 아픈 손가락들 사이로 이리저리 밀고 들어와 약물을 주입한다. 주삿바늘이 원망스럽다. 의사란 감정이 없는 사람으로 태어나는 걸까? 내가 이렇게 고통스러워하는데도 아랑곳하지 않고 조금만 더 참으라고 한다. 초음파 기계로 이리저리 살펴보며 구석구석 주삿바늘을 갖다 댈 때마다 온몸에 식은땀이 난다. 통증을 참느라 이를 꽉 문다. 숨을 멈춰도 본다. '이 또한 지나가리라'를 되뇌며 '하나, 둘, 셋, 넷…… . 열'까지 숫자도 세어 본다. 아직도 안 끝난 거야? 다시 한번 더 '이 또한 지나가리라'를 마음속으로 되뇌며 '하나, 둘, 셋, 넷…. 열'을 센다. 아, 진짜 미치겠다. 아직도 안 끝났다. 눈물이 날 것 같지만 이를 악물고 참는다. 세 번을 더 열까지 세고 나서야 주삿바늘을 빼며 "다 됐습니다." 하고는 반창고를 붙여 주신다. '휴, 이제 다 된 거지.' 안심하는 나에게 의사 선생님은 "이제 반대쪽 손 올리세요."라고 말한다.

젠장, 이걸 또 해야 한다고? 미치겠다. 그냥 일어서서 나가 버리고 싶은 걸 꾹 참고 소심하게 떨리는 손을 내밀었다. 약물 치료 후 손을 만져 보니 고무장갑이라도 낀 듯 통통 부풀어 오른손. 얼얼하다. 통증으로 감각이 없다. 내 손이 아닌 것 같다. 물리치료실로 이동해서 온열 치료와 원적외선 치료를 하고 집으로 돌아오는 길에 두 번 다시 이 병원을 찾지 않겠다고 맹세했다. 하지만 어쩔 수 없이 아프니까 계속 갈 수밖에 없다. 주사 한 번이면 그럭저럭 한두 달은 버티니까.

최대한 손을 쓰지 말라고 하셨지만, 손을 안 쓰고 살기란 쉽지 않다. 우리가 일상생활을 할 때 손을 빼고는 되는 일이 없다. 더욱이 엄마라는 자리는 더 그렇다. 요리, 설거지, 빨래, 청소 등 쉴 새 없이 손을 움직여야 한다. 손을 쓸 때마다 고통스럽다. 다른 사람들은 멀쩡하게 잘 사는 거 같이 보이는데 도대체 내 손은 왜 이럴까. 바보처럼 약해 빠진 내 몸뚱어리가 답답하다.

출산 후 몸조리를 잘못해서 그런 걸까? 4.16kg과 4.2kg으로 태어난 아들 두 녀석을 키우며 일하느라 독박 육아에 산후조리는 생각도 못 했다. 양쪽 팔에 반깁스하고 물리 치료를 받으며 손목 보호대를 차고 살림하랴, 애 키우랴 정신없던 그 시절이었다. 모유 수유한답시고 두세 시간마다 계속 젖을 물리며, 잠도 제대로 못 자던, 아이들과 한 몸처럼 지내던 그 시절, 내 인생의 제일 행복한 순간이어야 했지만 내 몸의 상태는 최악을 달리고 있었다. 애들이 어린이집, 유치원 다닐 때는 일일이 엄마 손이 가야 하니까 몸이 열 개여도 부족하던 그런 때였다. 그래도 지금 아이들이 초등학교에 들어가니 손도 덜 가고 훨씬 수월해지긴 했다. 지금은 과감하게 내 손의 질환을 핑계로 시리얼과 빵, 우유의 간단한 메뉴 전환으로 특단의 조치를 내릴 수가 있었다. 갑자기 바뀐 식단에 다들 적응 못 할 줄 알았는데 아이들은 의외로 너무 좋아한다.

시리얼은 현실과 이상, 그 중간 지점 정도의 타협점이랄까? 물론 워킹맘의 비겁한 변명이라 들릴 수도 있겠지만, 요리까지 완벽하게 잘하려고 너무 아등바등 애쓰지 않으려 한다. 조금 더 내 몸이 편해진다고 세상 안 무너지고, 내가 없어도 이 세상은 잘 굴러가니까. 좋은 엄마, 좋은 아내, 착한 딸, 착한 며느리, 그런 좋은 사람이라는 무거운 짐을 조금은 내려놓고 살려고 한다. 내 의견을 말하고, 내 감정을 말하고, 내 목소리를 조금 낸다고 해서 이 세상은 전혀 달라질 게 없으니 하고 싶은 거 있으면 다하고 살자며 맘을 다잡는다. 그러면 내 무거운 삶이 조금은 가벼워지리라.

"자, 얘들아. 다 먹었으면, 이 닦고 학교 갈 준비해야지?"
"네."
"잘 먹었습니다."
아이들의 등교 준비가 끝나고 집을 나갈 때까지 이것저것 챙길 게 많다. 책가방은 다 챙겼는지. 준비물이 있는지. 숙제는 다 했는지. 깜박하고 못 챙기는 날도 많지만… 아 참. 혹시 오늘 날씨는 어떤지도 검색해 봐야 한다. 만약 비 소식이 있으면 우산도 챙겨 줘야 한다. 혹시 학교 마치고 비라도 오면 엄마가 교문 앞에 우산 들고 기다려 줄 수 없으니까 말이다. 내가 학교 다닐 땐 비 오면 엄마가 우산 갖고 와서 나를 기다려 주는 게 당연하다고 생각했었는데. 멋모를 땐 나는 나 혼자 저절로 큰 줄 알았다. 지금 와서 내가 엄마가 되고 보니 그게 얼마나 철없던 생각이었는지.

* * *

아이들을 보내고 나도 출근 준비를 한다. 대충 걸려 있는 옷을 챙겨 입고 신발을 신으며 엘리베이터를 누른다. 엘리베이터에 타서 거울을 보며 손으로 슥슥 머리를 정리한다. 옷장 앞에서 전신 거울에 비춰 보며 이 옷 저 옷 매치해 가며 우아하게 깔 맞춤 오피스룩을 가다듬을 아가씨의 여유 따윈 나에게서 사라진 지 벌써 오래다.

지하주차장에 내려가니 내 차 앞에 이중 주차를 해 놓은 차가 있다. 꼭 이런 날이 있다. 바쁘고 시간 없으면 시간 지체되는 일들이 꼭 하나씩 더 생긴다. 힘겹게 이중 주차된 SUV 차량을 밀어 놓고 내 차 문에 가까이 간다. 우째 이런 일이. 가방에 차 키가 없다. 이상하네. 어제 장 보고 식탁 위에 그냥 놔뒀나? 가방에 넣었지 싶은데…. 아무리 찾아도 없다. 젠장, '머피의 법칙'은 왜 항상 들어맞는 거냐고. 다시 엘리베이터를 타고 집으로 올라간다.

식탁 위에 있는 차 키를 챙겨 바로 엘리베이터를 타고 내려간다. 차에 타고 바로 안전띠를 매고 시동을 켠다. 아파트 주차장을 빠져나오는데, 아파트 단지 안에 영산홍이 언제 이리 많이 피었는지. 벚꽃이 피었는가 싶더니만 언제 또 이렇게 파릇파릇 어린잎이 돋았는지. 벌써 봄이다. 앙상한 가지들이었던 게 엊그제 같은데 시간 참 빠르다. 아파트 정문에서 신호가 걸렸는지 차들이 길게 죽늘어서 있다. 바쁜데. 교통사고 위험 때문에 정문 쪽에 신호등을 설치하기로 했다는 게시판 안내문을 언뜻 본

것도 같다. 신호를 받고 나가니 도로 가로수의 우듬지에
도 연두색, 초록색 잎들이 가득하다. 4월은 잔인한 달이
라는데 난 4월이 제일 좋다. 특히 갓 새로 나온 어린 잎사
귀의 연두색을 보면 얼마나 마음이 설레는지.

아파트를 빠져나온 지 얼마 되지 않아 또 신호에 걸린
다. 신호가 자꾸 걸리는 걸 보니 오늘 운수는 왠지 별로
일 듯한 불길한 생각에 찜찜하다. 직진 신호를 기다리는
데 시간이 더디 간다. 어? 한참 신호등을 보는데 눈이 이
상하다는 느낌이 든다. 몇 달 전부터 눈이 침침해서 앞이
잘 안 보이는 것 같아 안경원에서 동그란 금테 안경으로
새로 하나 맞췄었다. 두 달 전에 맞춘 안경인데, 그 사이
에 시력이 더 떨어졌을 리는 없을 텐데. 초점이 잘 안 맞
다. 이상하다. 표지판 글씨들이 선명하지 않다. 한쪽 손
으로 오른눈을 가려 본다. 다시 한쪽 손으로 왼쪽 눈을 가
려 본다. 두 개 나란히 있는 신호등이 왜 하나만 보이지?
그것도 너무 흐릿하다. 몇 달 새 시력이 이렇게 나빠질 수
가 있는 건가. 벌써 노안이 왔나? 아니면 어젯밤 늦게까

지 휴대폰으로 유튜브 봐서 눈이 피로한 건가?

　신호가 바뀌어 혁신도시 앞길을 잘 달리다가 성안동 사거리에서 좌회전 신호에 걸린다. 앞차를 쳐다보다가 문득 뒷 유리창에 붙은 네모난 스티커가 눈에 띈다. [위급 상황일 경우 아이부터 먼저 구해 주세요. 여자아이. A형]이라고…. 갑자기 훅 하고 뭔가가 가슴을 때린다. 방심하고 있다가 강펀치를 제대로 맞은 권투 선수처럼. 예고 없이 갑자기 내 가슴에 날아와 퍽 박힌 이 문구가 왠지 울컥한다. 지금 나 운전해야 하는데, 어떡하지. 갑자기 눈앞이 뿌옇다. 목이 멘다. 위험하네. 난 너무 감상적이라니까. 저 차의 스티커를 붙인 운전자는 어떤 사람일까? 아이 아빠일까 아님. 엄마일까? 아이는 몇 살이나 됐을까?

　보통 차 뒷 유리창에 붙어 있는 스티커를 보면, '초보운전', '접근금지', '초보운전! 티나유?', '답답하시지예? 지는 우뗗것습니꺼?', '아이가 타고 있어요' 이런 문장들이 붙어 있었던 걸로 기억나는데 말이지. 요즘 차들을 보면 정말이지 기발하고 다양한 아이디어의 문구며, 스티커며, 액세서리가 붙어 있다. 현대는 자기표현의 시대인가 보다.

휴대전화가 울린다. 통화 버튼을 누르니 차량의 블루투스 스피커에서 남편의 목소리가 들린다.

"여보, 출근하고 있지? 애들은 학교 잘 갔어?"

"응, 애들은 학교 잘 갔지. 여보야 어제 야간 하느라 힘들었겠다."

"어제저녁에 사건 사고가 많아서. 참, 여보 오늘 오후에 병원에 가는 거 안 잊었지?"

"응. 나 오늘 반가 냈어. 나중에 2시쯤 근무 마치고 집으로 갈게. 여보 퇴근하면 얼른 집에 가서 자."

"그래, 오후에 봐. 운전 조심하고." 나는 반가를 내서 오후 두 시까지만 근무하고 퇴근할 예정이다. 남편은 어제 야간 근무였는데 퇴근해서 바로 잠을 좀 잔 뒤, 나와 함께 오후에 병원에 가기로 했다. 나 혼자 가도 된다고 푹 자라고 했는데도, 같이 간다며 고집을 부린다. 사실 혼자 가기좀 무서웠는데 남편이 같이 가 주겠다고 했을 때 속으로는 너무 좋았지만, 티를 안 냈다.

좌회전 신호를 받아 오르막을 오르다 보니 멀리 경찰청이 보인다. 경찰청 정문을 통과해 주차장에 차를 댄다. 내 이름은 송은영, 나는 초등학교 3학년, 6학년 아들 둘을 키우고 있는 마흔여섯의 워킹맘 경찰관이다.

* * *

탈의실에 근무복을 갈아입으러 들어갔는데 마침 누군가 이미 옷을 갈아입는 중이다. 나와 같은 112상황실에 근무하는 이지은 경장이다.

"지은아, 왔어? 주말에 남자친구 만난다더니. 데이트는 어땠어? 뭐 하고 놀았어?"

"아, 어제 전시회 다녀왔어요. 선배 혹시 '젠틸레스키'라는 화가 들어 보셨어요?"

"응? 그게 누군데?"

"이탈리아 여자 화가예요. 스승한테 그림을 배우다가 16살에 성폭행을 당했었대요. 그 스승이란 사람은 유부남이었는데 부인하고 이혼하고 너랑 다시 결혼하겠다는 말로 속였다네요. 거짓말인 걸 알고 성폭행 신고를 했더니 어떻게 된 줄 아세요? 오히려 유부남을 유혹한 꽃뱀으로 몰려서 감옥살이까지 했다지 뭐예요."

"진짜? 어떻게… 미친… 억울했겠다."

"그런데요. 감옥에서 나온 젠틸레스키는 그림을 그렸대요. 성경에 나오는 이야기인데 전쟁에서 패배할 위기에 놓인 유대인들을 구하기 위해 적장 홀로페르네스를 유혹하고 그의 목을 벤 유디트라는 여성을 그린 건데요, 〈홀로페르네스의 목을 자르는 유디트〉라는 제목이에요. 적장 홀로페르네스의 얼굴은 자기를 성폭행했던 스승의 얼굴로 그려 놓고, 그의 목을 벤 유디트는 젠틸레스키 자신의 얼굴을 그려 넣었대요." 휴대전화로 찍은 사진을 몇

장 휙휙 보여 주는 그녀의 얼굴은 빛나 보인다. 사랑을 하고 있어서일까?

"대단하다. 완전 사이다 복수네. 그 사람은 화가로서 자기가 할 수 있는 선택 중에서 제일 최고의 방법으로 완벽한 복수를 한 거잖아. 멋진 여자네. 나도 한번 보러 가고 싶다. 넌 좋겠다. 미술 전공자랑 만나더니 인문학적 소양이 꽉꽉 느네."

"선배도 한번 가 보세요."

"그래. 네 덕분에 나도 귀동냥하고 좋네. 내가 어디서 이런 얘길 듣겠니? 아, 참 부모님께 인사는 드렸어? 민성 씨 맘에 들어 하시지? 꽉 잡아. 너랑 딱이야. 인물 좋지, 어른들한테 잘하지, 애들이랑 잘 놀아 주지, 나중에 애들 크면 같이 미술 놀이도 잘해 줄걸. 난 이 결혼 찬성이여."

"하하, 민성 씨는 나보다 선배한테 점수를 더 많이 땄나 봐요."

그녀와 탈의실을 나서며 입구에 붙어 있는 전신 거울을 보며 복장 점검을 한다.

112상황실 문을 열고 들어서니 환한 불빛과 5개 경찰
서 무전기에서 쏟아지는 소음들이 쏟아진다. 벽면을 가
득 채운 대형 화면들, 빽빽하게 들어서 있는 책상, 파티션
들로 벌써 숨이 턱 막힌다. 엄청나게 많은 기계가 뿜어 대
는 열기와 소음들과 눈에 안 보이는 전자파가 사무실 안
을 꽉 채우고 있다. 입구에 들어섰을 뿐인데도 벌써 몸은
긴장 상태로 전환한다. 우리 112상황실은 총 4개 팀으로
한 팀당 접수조 6명, 분석반 1명, 팀장님 1명으로 되어 있
고 주·야·휴·비의 교대 근무 체제이다. 오늘은 주간 자
원 근무자가 2명 추가되어서 8명이 112신고 접수조다. 올
해부터 112로 소속이 변경된 재난대응팀과 지역경찰계
직원들로 112사무실은 더욱 붐비고 비좁아졌다.

근무 교대하기 전 회의실에서 10~15분 정도 팀장님의
교양 시간이 있는데, 매번 다양한 사건들의 사례를 들어
교육한다. 오늘은 자살 신고 관련한 녹음 파일 하나를 들
려주셨다. 여자애 목소리네. 중학생? 아니면 고등학생쯤?
녹음 내용을 들으니 자신이 곧 자살할 건데, 10분 후에 경

찰이 와 줄 수 있는지를 물어본다. 어? 왜 10분 후라고 말하는 걸까? 대화에 집중해 보려는데 지직거리는 소리가 귀에 거슬린다. 신고 접수 경찰관은 먼저 위치를 물어보고 아이가 전화를 끊지 않도록 계속해서 말을 걸고 있다. 아마도 말을 거는 그 사이에 출동 지령을 입력했을 테지. 112순찰차가 도착할 때까지 그는 계속 여자아이와 통화를 유지하려고 이런저런 말을 걸어 보려 시도한다. 아이는 경찰관의 물음에 꼬박꼬박 대답해 주긴 하지만 대화 흐름은 뚝뚝 끊어지고 자꾸 전화를 끊으려 한다. 몇 분 지나지 않아 누군가 여자아이를 붙잡는 듯한 소리가 들려온다. 그 짧은 사이 현장에 경찰관이 도착하여 아이를 구했나 보다. 휴, 그제야 안도의 한숨이 쉬어졌다. 와, 진짜 빨리 출동한 듯.

팀장님께서는 가족이나 지인이 자살 의심자를 찾아 달라는 신고가 대부분이지만 간혹 자살 기도자 본인이 전화하는 경우도 있다고 하셨다. 그리고 이번 경우처럼 본인의 자살을 예고하는 전화가 걸려 왔을 때, 여러분은 어떻게 대처할 것인지에 대해 이야기해 보자고 하셨다. 우리 팀원들은 각자 중요하게 생각하는 점을 그리고 제일 먼저 어떻게 대화를 시도해야 할지를 곰곰이 생각하고 돌아가며 대답했다.

"장소 파악을 제일 먼저 한 건 정말 잘했네요. 그리고 시간을 벌어 주기 위해 계속 대화를 이어 나간 것도 잘했고요. 저라면 무슨 얘기를 걸어야 할지 막막했을 텐데. 제가 전화를 받았더라도 그 대화 내용과 별반 다르지 않았을 거 같긴 합니다."

"전화를 건 상대에 따라 대화 내용은 달라지겠죠? 그 상대에 따라 그때그때 흐름에 따라 이야기를 이어 가야 하지 않을까요? 보이스피싱 같은 피해를 본 사람일 수도 있겠고, 취업이 안 돼서 힘들어하는 젊은이나 사업 실패로 힘에 겨운 중년의 가장일 수도 있겠지요. 하지만 지금처럼 학생이라면 성적이나 학교생활, 교우 관계 같은 일상생활에 대해 먼저 말을 꺼내면서 대화를 시도할 것 같습니다."

"저도 마찬가지예요. 그리고 혹시 고민이 있는 건 아닌지, 왜 자살하려고 하는지 이유에 대해서도 물어볼 것 같아요."

"아, 정말 쉽지 않네요. 그래도 대화 내용 중에서 그 아이가 유일하게 한순간 마음을 여는 게 느껴집니다. 경찰관이 너랑 얘기해 보니 말도 잘하고 학교에서 친한 애들도 많겠다고 밝은 성격처럼 보인다고 해 주니 맞다며 수긍하는 부분이 있는데요. 자기를 좀 알아봐 줘서 좋아한 듯 보이기도 하고요."

"저라면 밥은 먹었는지, 오늘 날씨가 어떤지, 기분이 어떤지 같은 평범한 질문부터 시작할 것 같아요. 그러다가 점점 개인적인 내용으로 물어볼 거 같은데요."

등등 다양한 대답을 한다. 매번 느끼는 거지만 사람들의 생각은 저마다 다르다는 거. 열 사람이면 열 사람이 백 사람이면 백 사람이 다 다른 생각을 하는 것 같다. 똑같은 생각을 하는 사람은 없는 듯하다.

팀장님은 여러 대답을 듣고 모두 맞다고 하신다. 지금처럼 미리 본인이 자살할 거라고 예고하는 경우도 있지만, 아무런 힌트도 없이 그냥 출동 요청만 하고 자살해 버리는 일도 있다고 하신다. 물론 그 모든 상황에 정답은 없지만 매뉴얼에 기초하여 각자의 생각과 빠른 판단으로 그때그때 상황에 따라 대응하면 된다고. 하지만 이렇게 같은 주제로 한번 고민해 보고, 여러 사람과 생각들을 나누다 보면 내 생각도 확장되고 발전해 나갈 수 있는 듯하다.

신고 후일담을 전해 주셨는데, 그 아이한테 왜 경찰에 신고했는지를 물었더니 아이는 이렇게 말했다고 한다. '내가 죽은 걸 누군가 알아줬으면 했다고, 내가 여기서 혼자 죽으면 아무도 모를 거 같아서. 그럼 너무 슬플 거 같아서요'라고. 모두 갑자기 숙연해졌다. 아마도 각자의 어깨 위에 놓인 우리 일의 무게를 느꼈기 때문이겠지.

☾

사람은 자기의 존재감이 희미해질 때 삶의 끈을 놓는다. 그래도 죽기 전에 자기의 존재감을 나타내기 위해 마지막 한 번의 불꽃을 반짝인다. 자기를 한번 알아봐 달라고. 마치 성냥불이 타오르다가 시간이 지나면 꺼지지만 미세한 불씨가 남아 깜박이며 꺼져 가는 생명의 마지막 티를 내듯이. 우리가 그 신호를 어떻게 하면 늦지 않게 알아챌 수 있을까?

나라면 어떻게 대화를 이끌어 갔을까? 당황하지 않고 침착하게 그 아이와 충분히 공감하며 이야기를 이어 나갈 수 있을까? 신고자가 미리 자살을 알리지 않는 상황에도 목소리만 듣고 그 사람의 자살 징후를 미리 알아차리고 빨리 조치할 수 있을까? 올해 발령받아 112근무를 하게 된 나에게는 아침 교양 시간이 참 중요하다. 모든 경험과 실전이 부족한 내가 다른 베테랑 직원들의 생각과 노하우를 배울 수 있는 시간이므로.

경찰서에 112신고 전화를 거는 일이 누군가에겐 평생

딱 한 번 있을 일이겠지만, 나에게 대수롭지 않게 빨리 처리해 버리고 싶은 한 통의 전화가 되지 않기를. 평범한 일상처럼 매일 받는 수많은 신고 전화들, 끊어 버리고 싶은 수십 통의 전화 중 하나가 되지 않기를 바란다. 매 순간 치열하게 고민하고 생각에 생각을 거듭하고 이런 신호를 빨리 캐치할 수 있기를, 놓치지 않기를 바란다. 생각하기를 멈추면 안 된다.

* * *

교양이 끝난 후 회의실에서 나와 캐비닛에서 헤드셋과 컵이랑 노트, 펜을 챙겨 들고 내 자리로 와 앉는다. 오늘도 무사히 별일 없기를 기도하며 심호흡을 한다. 통합 포털 시스템에 로그인하고 모니터를 확인한다. 아직 112신고 전화가 없다. 경찰 게시판에 접속해 주요 일보와 경찰 관련 뉴스를 대강 훑어본다.

부서별로 추진하고 있는 업무들을 보니 여·청과의 신학기 학교폭력 집중 관리 기간, 생·안과의 불법무기류 자진신고 기간, 교통과의 음주운전 일제 단속기간들이 쭉 나열되어 있다. 이번 달 112신고 통계를 분석한 걸 보니 아동학대, 절도, 성폭력 등 중요 범죄 신고 건수가 작년보다 12% 증가했단다. 올해 갑자기 아동학대가 늘어난 게 아니라 최근 '정인이 사건' 등 그동안 시민들의 아동학대에 대한 관심이 높아지고, 의사나 이웃 등 주변인들의 신고가 많아져서 신고가 증가한 것이겠지.

각 신문, 방송에 난 언론 보도를 살펴보니 현재 코로나19가 무분별 확산하고 있고 10명 중 9명은 감염 경로도 불분명하다며 울산의 코로나 확산 사태가 심상치 않음을 알리고 있다. 교통사고를 줄이기 위한 안전속도를 하향 조정했다는데, 일반도로에서는 50km, 어린이보호구역에서는 30km 이하의 속도로 운행해야 한다는 내용이다. 기사들을 검색하고 있는데, 몇 분 지나지 않아 바로 112신고 전화가 오기 시작한다.

"긴급신고 112입니다."

접수 멘트는 간단하다. 112상황실에서는 전화를 받을 때 '안녕하세요. 반갑습니다.'라고 말을 시작할 필요가 없다. 또한, 관등성명을 일일이 댈 필요도 없다. 신고자는 도움이 급박한 상황이었을 테고, 경찰관이 빨리 와서 도와주길 바라는 게 목적이지, 전화를 받는 사람이 친절 여부를 따지거나 수다를 떨자고 전화한 것은 아닐 테니까. 내가 해야 할 일은 신고자로부터 상황에 대한 정보를 최대한 끌어내는 것, 그리고 현장 경찰관이 최대한 빨리 현장에 도착하도록 하는 것이 제일 중요하다. 하지만 흥분한 상태에서 이 말 저 말 두서없이 쏟아 내는 신고자로부터 차분하게 내가 필요한 정보를 얻어 내기란 쉽지 않다.

그리고 요즘 사람들은 확실히 드라마나 영화를 너무 많

이 본다는 게 문제다. 휴대전화로 위치 추적만 하면 자기 있는 위치가 여기 화면에 바로 뜨는 줄 안다. LBS(Location Based Service), 즉 위치 추적을 하기 위해서 시스템상 제약도 많고 GPS가 꺼져 있으면 정확한 위치도 안 나오고 이것저것 절차가 까다롭다. 통신사 기지국 기준으로 해서 반경 1km 원을 그려서 신고자를 찾기 위해 그 1km 반경 일대를 다 수색해야 한다는 것을 모르나 보다. 누가 이런 프로그램을 좀 안 만들어 주나? 112전화를 걸면 자동으로 그 사람의 위치가 우리 전광판이나 지도에 바로 표시되도록 말이다.

* * *

비상벨 오작동 신고, 교통사고, 절도, 교통 불편 신고 전화 몇 통에 벌써 목이 마르기 시작한다. 커피 한 모금을 들이키며 모니터를 보는데 112신고 전화번호가 뜬다.

"긴급신고 112입니다."

"여, 여그…. 칼…. 칼…. 흐억. 아들이. 흐…으. 헉. 빨리. 빨리 좀 와 주이소."

나이가 좀 지긋하신 할머니의 다급한 목소리다. 더듬더듬 떨리며 울먹이는 할머니의 목소리에 내 가슴이 덜컹한다. 나도 모르게 심장 박동이 빨라진다. 갑자기 손에 땀이 난다.

"할머니, 지금 계신 곳이 어디시죠?"

우선 침착해야 한다. 할머니의 위치부터 파악 후 CODE 제로를 눌러 출동 지령한다. 긴장하지 말고 가정폭력 현장 출동 매뉴얼을 떠올려야 한다. 침착하자. 내가 물어봐야 할 게 뭐가 있지? 가해자는 누군지. 흉기 소지 여부는. 피해자가 얼마나 다쳤는지. 119를 같이 보내야 하는 위급한 상태인지 등을 파악해야 한다. 할머니께서는 40살이 넘은 아들과 살고 있는데, 과거 알코올 중독 치료를 위해 강제 입원시켰다는 이유로 술에 취해 할머니를 폭행하여 지금 밖에 도망 나와 있다고 빨리 좀 도와달라는 내용이었다.

안전하게 숨어 계시라고 말씀드리고 지도상에서 순찰차 이동 위치를 계속 눈으로 확인하며 할머니께 순찰차가 지금 어디쯤 가는 중이고 곧 도착할 거라며 계속 통화하며 안심할 수 있도록 말을 계속 걸어 본다. 아들이 지금 어디 있는지요. 할머니는 집 쪽을 계속 살펴보고 있다고 한다. 몇 분이 몇 시간 같이 느껴진다. 신고자들이 경찰관을 기다릴 때 이런 기분일까? 10여 분 정도 지났을까 경찰차가 보인다는 할머니의 목소리에 나도 같이 안심되었다. 현장 경찰관 도착. 이것으로 나의 역할은 끝이다. 그 이후는 현장 경찰관과 해당 부서에서 처리할 일이다. 할머니께서 괜찮으시기를, 그리고 출동한 경찰관이 다치지 않기를 바라며 몇 년 전 발생한 경찰관 사망 사건을 떠올려 본다.

* * *

2018년 경북 영양이었던가? 40대 아들이 살림살이를 부수며 난동을 부리고 있다는 신고를 받고 출동한 경찰관이 사망한 사건이 있었다. 대화로 해결해 보려 다가간 경찰에게 40대 남자가 느닷없이 흉기를 휘두르자 속수무책으로 당한 것이다. 나중에 가족의 진술을 들어 보니 조현병을 앓은 적이 있고 퇴원 후 제대로 후속 관리가 되지 않아서 발생한 사건으로 기억한다.

그들은 권총과 테이저건 등의 보호 장구도 갖고 있었지만 어이없게 죽을 수밖에 없었다. 경찰은 의료 전문가가 아니다. 의료 전문인도 아니고 의학 교육을 받은 적도 없음에도 불구하고 정신 질환자, 조현병 환자들과 관련된 현장에 출동한다. 그 현장에 무슨 문제가 있었을까. 그리고 현장에 임했을 때 순식간에 벌어진 상황에 대처하기에 경찰관의 손발을 묶어 놓은 규정들이 너무 많지는 않았을까라고 생각해 본다.

경찰관 직무집행법상 경찰 장비의 사용에 관한 규정이 있으나 국민을 상대로 한 권총, 테이저건의 사용은 실제 상황에서는 무용지물이다. 총은 쏘는 게 아니라 던지는 것이라는 말이 오죽하면 나왔을까? 경찰관의 몸은 아이언맨처럼 강철 갑옷도 아니기에 칼로 찌르면 피 나고 총 맞으면 죽는다. 경찰관도 일반인 하고 똑같은 사람일 뿐이다.

* * *

경찰물리력 행사 기준을 마련하기 위해 일선 경찰관들의 의견을 묻겠다며 설명회를 했던 때가 기억난다. 그때 설명회 자리에서 내가 들었던 생각은 부정적이었다. 우리나라에서 경찰관이 물리력을 행사하는데 법적 근거를 마련한다고? 왜 우리나라에서 그런 규제가 필요하지? 괜히 그런 규정을 만들었다가 경찰관 손발만 묶는 건 아닐까 하는 생각이 들었기 때문이다.

당시 지방청 강당에 모여서 짧은 동영상을 시청했는데, 영상 속 배경은 아마도 미국의 일반 주택이었던 거 같다. 가정폭력 현장에 신고받고 출동한 경찰관은 두 명. 경찰관의 가슴에는 바디캠이 부착되어 있어서 그가 움직이는 대로 그의 시선을 따라가며 볼 수 있었다. 경찰관 한 명이 총을 들고 먼저 앞장서고 뒤에 있던 경찰관은 총을 들고 엄호하며 따라 들어간다. 마당이 있는 단독 주택 건물이다. 현관문을 열고 들어가니 복도가 나왔다. 서너 발자국 정도 되는 복도 입구. 손에 권총을 들고 한 발짝 한 발짝 조심해서 전진하다가 현관 입구 복도가 끝나는 지점에 도착하자 갑자기 거실이 훤히 드러나 보였다. 순간 '탕' 하는 소리와 바디캠 화면은 바닥을 향하며 컴컴해진다.

먼저 진입했던 경찰관은 현장에서 총을 맞고 즉사했다고 한다. 거실에 있던 남자가 총을 겨누고 있다가 경찰관 얼굴이 보이자마자 총을 쏜 것이다. 불과 1초도 안 되는 짧은 시간이다. 그 경찰관은 미처 범인의 얼굴을 확인할 시간도 없었으리라. 바디캠 영상으로 보던 나조차도 누가 총을 쏘았는지 얼굴을 볼 사이가 없었으니까. 당연히 그 경찰관은 거실의 현장을 미처 보지도 못했을 거고, 총을 쏠지 말지를 판단할 시간도 전혀 없었을 것이다. 너무도 허무한 죽음이었다. 영상을 본 후 그 장면이 머릿속에서 지워지지 않는다.

미국은 일반인의 총기 소지도 자유롭고, 위험 상황이 많겠지. 당연히 경찰의 과잉진압 사례도 많아질 테고, 경찰의 과잉진압에 제재를 가하기 위한 기준도 물론 필요하겠지. 하지만 우리나라는 어떠한가? 아직도 매 맞는 경찰이 많다며 뉴스에서는 공권력이 땅에 떨어졌느니 어쩌느니 떠들어 댄다. 그런 물리력 규제는 미국 같은 경찰 공권력이 강한 나라에서나 가능한 이야기가 아닐까? 미국에서 시행하는 거라고 하니까 좋아 보여서 우리나라에도 가지고 와서 그냥 따라 하려는 것은 아닐까?

경찰의 상황별 물리력 행사 기준이라는 게 설명을 들어 보니 황당하다. 현장 출동 시 대상자의 반응에 따라 경찰관의 지시·통제에 따르는 상태인 순응 단계, 그다음이 소극적 저항, 적극적 저항, 폭력적 공격, 치명적 공격 이렇게 5단계로 나눈단다. 대상자의 행동에 따라 경찰이 스스로 상황을 판단해 적절한 물리력을 사용하되 최대한 낮은 단계의 대응 방안을 우선 사용하라고 권하고 있다. 그 대응 방법이라는 게 뭐냐면 순응 단계에는 말로 설득하고, 단순 불응일 때는 수갑, 밀기, 잡아끌기, 비틀기를 소극적 저항일 때는 경찰봉, 방패, 꺾기, 조르기, 그다음은 권총 등을 사용할 수 있다는 이런 단계가 5단계로 세분되어 있다.

출동해서 상대방과 대치하는 그 짧은 순간 언제 그 사람의 반응이 5단계 중 어느 단계에 속하는지 분석하고 있겠는가? 이 이론을 만든 사람은 현장에서 범인과의 대치 상황이 그렇게 시간 여유가 많을 거라고 생각하고 만든 걸까? 과연 경찰의 물리적 강제력의 사용에 대한 기준을 세워 놓는 것만으로, 치안 현장에서 발생하는 묻지마 살인이나, 조현병 등 정신 질환자나 주취자의 무차별적 경찰관 폭행 등의 위협에 대비할 수 있다고 생각하는가? 그 규정이 오히려 경찰관의 발목을 잡는 게 아니고?

온라인 강의를 두세 시간 들으라고 하고는 물리력 행사를 위한 기준 교육이 다 끝났단다. 전혀 현장을 모른다. 매달 경찰관은 직장 교육이니 법정 교육이니 들어야 하는 교육이 정말 많은데, 자기 업무하랴 교육 들으랴 정말 실무를 모르는 사람이 만든 건지 말도 안 된다. 솔직히 자동으로 하거나 2배속으로 빨리 감기 해 놓아 버리지 제대로 자리에 앉아서 교육을 듣고 있는 사람은 드문데 말이다. 그리고 강당에서 전 직원 모아 놓고 한두 시간 무도 훈련

했다고 하면서 교육을 다 마쳤다고 한다. 그렇게 보여 주기식으로 벼락치기 교육하면, 일반 경찰관들에서 하루아침에 갑자기 평생을 수련한 무술 유단자로 짠하고, 변신하는가? 마치 성룡이나 이소룡처럼 무술 고수로 변하는가 말이다. 왜 우리 업무는 현장과 동떨어진 탁상행정이 많은 걸까?

현장에 출동해서 그 짧은 찰나의 시간에 경찰관으로서의 내 행위가 범인의 도주 방지, 생명 신체의 방어 및 보호 등을 위해 적절히 사용되고 있는지를 따져 봐야 하고, 사형이나 무기 또는 3년 이상의 징역이나 금고에 해당하는 죄를 범한 사건인지를 따져 봐야 하고, 정당방위 상황인지, 긴급피난에 해당하는지 등을 모두 다 판단하고 나서, 나의 무기 사용의 적정성 여부를 따져 봐야 한단다. 상대방의 대응이 1단계에서 5단계 중에서 어디쯤인지 파악하라고? 상황에 대한 그 모든 판단은 너무 주관적인데 그 행동에는 객관적인 잣대를 들이밀려고 한다. 아이러니다. 현실이 이러니까 지구대, 파출소 근무를 기피하는 건 아닐까?

경찰관은 현장에 임해서 1~2초간의 짧은 찰나의 시간에 최선의 판단을 해야 하고 최선의 행위를 해야만 한다. 나중에 그 사건이 만약 문제가 되기라도 한다면 몇 날 며칠을 아니 몇 달을 감찰 조사를 받아야 한다. 1~2초간의 짧은 순간에 한 판단에 그토록 많은 책임이 뒤따른다는 것은 좀 아니지 않은가? 물리력 기준이란 것이 경찰관 개인이 감당해야 할 짐만 지운 것은 아닌가? 경찰관을 지키기 위한 것이 아니라 경찰관 징계를 위한 근거로 만든 규정이 되어 버린 건 아닐까? 친절한 경찰관을 원하면서 사실상 공권력의 정당방위는 인정하지 않는다. 경찰관의 물리력 제재 기준을 만드는 데 힘쓰는 것보다, 경찰관이 이런 위험현장에 출동했다가 어이없게 죽는 일이 없도록 하는 방안을 연구하는 게 먼저가 아닌가?

나는 기도한다. 내가 출동한 가정폭력 현장에 식칼을 들고 대치하는 상황이 없기를. 가스를 틀어 놓고 같이 죽자고 하는 상황이 없기를. 전기톱 들고 휘두르고 있는 상황과 마주치지 않기를. 내가 총기를 사용해야 하는 일이 없기를. 그리고 오늘 하루도 무사히 보내기를.

* * *

인간의 몸은 위험을 인지하면 본능적으로 피한다. 뜨거운 불에 데이거나, 뜨거운 물에 손이 닿으면 순간적으로 손을 확 빼낸다. 안전에 대한 신체의 본능적 반응이다. 이 당연한 반응에 우리가 도덕적 잣대를 들이밀 수 있을까? 법적 잣대를 들이밀 수 있을까? 가위질할 때 가윗날이 다가오면 종이를 잡은 손은 안 다치게 위치를 바꿔 가며 가위질을 한다. 넘어지려 하는 순간에는 낙법을 쳐서 머리나 몸을 보호하려고 한다. 보통의 정상인이라면 나오는 몸의 당연한 무조건 반사다. 그런데 이런 신체의 본능적 반응에 이성적 판단이 개입해서 행동을 조절할 수 있는 영역일까?

이런 경우를 생각해 본다. 칼이 몸에 들어오는 순간 본능적으로 위험을 피해 도망갈지, 아니면 칼 든 사람에 맞서 제압할지를. 이 찰나의 짧은 순간에 이성적으로 판단한 뒤 조절할 수 있는 사람이 있을까? 그 사람이 일반인이 아니라 경찰관이나 소방관이라면 어떨까? 당신이라면 어떤가?

이런 경우를 가정해 보자. 정신 질환자가 기찻길에 누워 있고 멀리 기차가 오는 것이 보인다. 내가 살기 위해 외면해야 하는가 아니면 정신 질환자를 구하려다가 같이 죽어야 하는가? 구하기 위해 옆에 있었던 사람이 일반인이 아니라 경찰관이나 소방관이라면 어떨까? 만약 발버둥 치는 이 정신 질환자를 구하지 않고 내버려 두어 사망했을 때 쏟아질 사회적 비난들에 대해 생각해 보면 어떤

가? 그 경찰관은 비난과 불명예를 받을지도 모름을 갈등하며 죽음을 선택해야 하는가 아니면 살아남아서 가족들에게 돌아가기를 선택해야 하는가? 당신이라면 어떤 선택을 할 것인가.

물에 빠진 사람의 경우는 어떠한가? 물에 빠진 사람을 구할 때는 먼저 그 사람을 기절시킨 후 구조활동을 해야 한다고 들었다. 왜냐하면, 물에 빠진 사람은 본능적으로 자신이 살기 위해 구조하러 온 사람을 물속에 밀어 넣으며 자기는 물 위로 올라가려고 살기 위해 발버둥 치기 때문이란다. 물에 빠진 사람은 살고자 하는 본능이 이성적 판단을 멈추게 한 것이다.

본능에 따른 행동을 하는 것과 이성적 판단에 따른 행동을 하는 것, 이것이 머릿속으로 판단해서 선택할 수 있는 문제일까? 인간의 신체는 본능대로 움직인다는 것은 너무나 당연한데. 이 두 가지 가치가 머릿속에서 충돌할 때 인간의 뇌는 일시적으로 생각하기를 멈춘다. 찰나의 순간, 주저함이라는 단어가, 망설임이라는 단어가 끼어든다. 짧은 순간의 판단에 너무나 많은 것을 경찰관 개인에게 요구한다. 그리고 그 결과에 너무나 많은 책임을 지라고 강요한다. 난 질문한다. 이런 수많은 제재가 경찰관의 손발을 묶어 버린 것은 아닐까?

* * *

상황실 사무실 전면을 꽉 채운 상황판 화면들. 지도 위에 반짝이는 빨간 점들. 112순찰차들 모두 열심히 움직이고 있다. 휴대전화 발신 번호가 뜬다. 또 신고 전화다. 한 번 울리고 바로 받는다. "긴급신고 112입니다." 한참 대답이 없다. 신고자는 그냥 전화를 끊어 버린다….

'어? 이 전화 뭐지? 이른 아침부터 장난 전화인가?' 그냥 종결하기엔 왠지 찜찜한 이 느낌. 뭔지는 모르겠지만 쎄한 감각이 오른쪽 관자놀이 끝을 스쳤다. 녹취된 내용을 계속 반복해서 들어 본다. 내가 놓친 무언가가 있을까에 대해 의심하며. 몇 번을 반복해서 들어도, 소리를 최대치로 키우고 들어도 다른 소리는 안 들린다. 드라마 〈보이스〉에 나오는 주인공처럼 멀리서 물방울 떨어지는 소리도 수화기 너머로 들리는 그런 초능력 귀가 있다면 들을 수 있으려나?

문득 지난주 야간 근무 때도 이런 전화가 걸려 왔던 게 생각났다. 112에 전화해 놓고 말도 없이 끊는 전화.

"긴급신고 112입니다." 상대방은 대답이 없다.

"신고자분 말씀 못 하실 상황인가요? 혹시 경찰관 도움이 필요하시면 버튼을 눌러보세요."

"삑. 삑." 두 번의 휴대전화 화면 터치 소리.

CODE 제로. 그때 난 출동 지령을 내렸다. 하지만 현장 경찰관이 출동하여 확인해 보니 허무하게도 오작동이었

단다. 출동 경찰관의 결과 보고를 읽어 보니, 신고자는 청
각 장애인이었고, 전화기 버튼이 실수로 눌러진 것이었
다고 한다. 다행히 아무 일도 없이 끝난 해프닝이었지만
나에게는 엄청난 고민을 하게 하는 순간이었다. 그때처
럼 신고자가 잘못 누른 건 아니겠지? 수화기를 놓고 나서
그 짧은 시간 동안 난 생각해 본다. 그 사람이 어떤 상황
일까를.

이번에 상황실로 발령 나면서 〈더 콜 - The Call〉이라는
영화를 봤었다. 미국의 911을 소재로 한 영화였다. 주말
저녁이었고, 부모님은 외출하셨고, 고등학생 정도로 보이
는 여자아이가 혼자 집에 있다. 혼자 있는 집에 유리창을
깨고 누군가가 집 안으로 들어오려고 한다며 다급한 목소
리로 911 신고를 하는 장면으로 시작한다.

전화를 받은 911상황실 요원은 베테랑이었던 것 같다.
당황하는 티를 내지 않고 평정심을 유지하며 침착하게 대
처한다. 여자아이에게 2층 방에 올라가 창문은 열고 신발

한 짝을 밖으로 던져 놓은 뒤 침대 밑에 숨으라고 얘길 한다. 그와 동시에 코드 제로 출동 지령을 내린다. 접수 요원은 소녀와 통화를 유지하며 주소 검색, 신원 조회 등을 하느라 쉴 새 없이 손가락을 움직인다. 소녀는 시키는 대로 신발을 창밖으로 던진 뒤, 침대 밑에 숨어 범인이 2층으로 올라오는 소릴 숨죽여 듣고 있다. 2층으로 올라온 범인이 열린 창밖으로 떨어진 신발을 보고 소녀가 창밖으로 뛰어내린 줄 알고 다시 1층으로 내려가 밖으로 나가려고 한다. 그와 동시에 소녀는 실수로 통화종료 버튼을 누른다. 전화가 끊어지자 911상황실 요원은 무심코 재다이얼 버튼을 누른다. 2층 침대 밑에 숨어 있던 소녀의 휴대전화기에서 '따르릉' 벨 소리가 울린다. 막 현관을 나가려던 범인은 그 벨 소리를 듣고 다시 2층으로 올라와 소녀를 납치한다. 소녀의 비명만이 전화기에 남아 있고, 바로 뒤 도착한 순찰차는 범인을 놓친다.

첫 장면이 너무 강력해서 잊혀지지 않는다. '도대체 접수 요원은 그때 왜 재다이얼을 누른 거지' 하며 거듭해서 물어본다. 신고자와의 통화가 갑자기 끊어지자 911접수 요원이 별다른 생각 없이 바로 재다이얼 버튼을 누르던 그 장면을 보고 난 많이 고민했다. 나라면 어땠을까? 나라도 무심코 재다이얼을 누르지 않았을까? 나라면 실수 하지 않았을까를. 두려워진다.

이번 신고 전화는 어떻게 처리해야 할까? 다시 전화해 봐야 하나? 고민해 본다. 범죄 신고인 걸까? 아니야. 그때 처럼 또 오작동이면 어떡하지? 수차례의 갈등과 고민. 그 래도 만에 하나 도움이 필요한 상황이면 어떡하지. 내가 놓친 게 있을 수도 있지 않을까? 그 짧은 순간에 머릿속엔 수만 가지 생각들이 스쳐 지나간다.

그래 혼자 고민할 게 아니라 팀장님께 한번 의논 드려 보자. 팀장님께 내가 말을 꺼내자 다른 접수 요원이 방금 자기도 방금 받은 전화를 이야기한다. '이거 우야노' 고함 비슷한 소리 후 끊어졌다고 한다. 혹시 내가 받은 신고 전 화와 같은 사건인 걸까. 신고 번호를 보니 내가 받았던 번호와 같은 번호다. 그 번호로 다시 전화해 보기로 한다.

"긴급신고 112입니다. 선생님. 말씀을 할 수 없는 상황이신가요? 혹시 도움이 필요한 상황인가요? 그렇다면 번호를 눌러 보세요." 한참 뒤 "삐- 삐-" 버튼음이 두 번 들린다.

"혹시 문자는 보낼 수 있나요?"

"삑-"

큰일이다. CODE 제로 상황이다. 긴급 출동 지령을 내린다. 위치 추적을 한다. 출동한 경찰관들의 상황 보고에 따르면 상가 주차장에서 차량이 발견되었다고 한다. 채무 관계로 말다툼 중 칼로 목을 찔렀고, 피해자는 병원으로 후송하였으나 사망했단다. 금전 문제로 우발적으로 일어난 살인사건이었다. 범인은 바로 현장에서 검거되었다. 이 모든 게 사건 접수 후 한 시간 만에 벌어진 일이다.

만약 목격자의 112신고 전화가 없었더라면 어떻게 되었을까? 나중에 시간이 흐른 뒤 나중에 시체만 발견되었다면 이 사건은 어떻게 단서를 찾았을까? 어디서부터 어떻게 수사를 시작했을까? 주변 CCTV를 얼마나 뒤져야 했을지. 범인 검거까지 얼마나 오랜 시간이 걸렸을지를 생각한다. 사건이 빨리 마무리되어서 다행이라는 생각이 드는 한편 죽은 사람에 대해 생각을 하니 안타까운 마음이다.

죽음은 삶과 그리 멀지 않은 곳에 있다. 삶이 영원할 것으로 생각하는가. 아니다. 죽음은 바로 우리 옆에 붙어 있다. 언제 어느 때 갑자기 얼굴을 불쑥 들이밀지 모른다. 우리는 예고 없이 들이닥친 죽음을 준비 없이 받아들여야 한다. 그렇다고 죽음이 두렵기만 한 대상은 아니다. 죽음이라는 삶의 유한함을 알기에 우리는 더 가치 있는 삶을 살고자 노력한다. 그렇기에 우리는 우리의 삶에 최선을 다한다.

* * *

    이번 신고를 복기하며 문득 지난주 야간 근무 때의 또 한 건의 그냥 대답 없는 전화가 생각난다. "긴급신고 112 입니다." 나의 멘트 뒤에 상대방의 대답이 없다.

    "무슨 일이시죠?" 계속되는 묵묵부답이다. 차량으로 이동 중인 듯한 소음만 간간이 들린다. 어떡하지? 신고자가 주머니 속에 둔 휴대전화를 잘못 눌렀나? 그냥 끊을까? 비출동 종결을 해야 하나 출동 지령을 해야 하나 갈등이 생긴다. 차량 소음과 대답 없는 전화는 열에 아홉은 주머니 속에 넣어 둔 휴대전화 버튼이 잘못 눌러진 경우가 대부분이라던데. 그래도 혹시 모르니깐 다시 한번 더 질문해 본다.

    "위험 상황이신가요? 도움이 필요하시면 전화기 버튼을 눌러보세요."

☾

정적을 깨고 '삐-익' 버튼음 소리가 들린다. 순간 온몸이 경직된다. 설마? 범죄 피해 중 차량에서 내리지 못하는 상황인가? 납치 중인가? 아니면 잘못 걸었는데 우연히 버튼이 눌러진 것인가?

"문자로 대화할 수 있나요? 무슨 일인지 설명할 수 있겠어요?"

계속되는 질문에도 묵묵부답이다. 주변에 내비게이션 안내음과 차량 소음으로 봐서는 달리는 차 안인 듯한데 도통 무슨 일인지 답이 없다.

"차량에서 내리지 못하고 있는 상황인가요? 혹시 납치되신 건가요?"

'삐-' 순간 정적을 깨고 다시 들리는 선명한 버튼 누르는 소리.

큰일이다. 신고자는 내 말을 듣고 있었다. 납치를 당해 차로 이동 중인 것 같은데, 말을 하기에 곤란한 상황인 것 같다. 문자로라도 대화를 하고 싶은데 문자를 주고받는 게 가능하냐는 질문에는 대답이 없다. 팀장님과 다른 직원들도 다 달라붙었다. 신고자 휴대전화 위치를 추적하니 동해 고속도로다. 아마도 차를 타고 고속도로를 통해 부산-울산 방향으로 이동하고 있는 듯하다. CODE 제로를 발령하고 고속도로를 담당하는 부산청 고순대에 통보한다. 신고자의 기존 112신고 이력도 없고 카톡이나 SNS로 얻을 정보도 없다. 통신 수사를 바로 들어갔다. 지금 확인할 수 있는 것은 신고자의 기지국 또는 간혹 잡히는 GPS 위치뿐이다. 신고자의 인적도, 타고 있는 차량도 전혀 모르는 상황, 신고자와 직접 통화도 문자 송·수신도 안 되는 상황에서 할 수 있는 게 뭘까? 순간 머릿속은 백지상태가 되었다. 신고자의 위치값은 동해 고속도로 위 울산 입구로 뜬다. 울산권 전체 경력 긴급 배치한다.

알 수 없는 위험에 처한 신고자, 불상의 차량, 지금 내가 할 수 있는 게 뭐지? 순간 머리를 퍼뜩 스치는 생각은? 그렇다. 신호기다. 만일 해당 단일도로에서 신호기를 잡고 차량을 멈춰 세운다면, 신고자가 탄 자동차도 분명히 멈추지 않겠는가? 집중적으로 경력을 배치하여 수색한다면 분명 발견할 수 있으리라. 교통관리센터에 신호기를 통제해 달라고 요청한다. 시간이 참 더디게 간다. 지직거리는 잡음 중 여기 아무 데나 세워 달라는 듯한 여자 목소리가 들리는 듯하다. 택시를 탔던 걸까? 차에서 내려 이동하는 것으로 보인다는 내용을 추가 사항에 입력해 놓는다. 근처에 걸어가는 사람이 있는지 찾아보라는 지령에 한참 뒤 신고자를 찾았다는 보고가 들어왔다.

"혼자서 도로를 걸어가는 여성을 찾았습니다. 일단 지구대로 동행해서 얘기를 들어 보겠습니다."

사건 개요는 이러했다. 술에 취한 여성 신고자가 택시를 타면서 울산의 북구 송정동으로 가자고 했는데, 이를 잘못 들은 택시기사는 부산시 강서구 송정동으로 가자고 오인한 것이다. 술에 취한 상태였다고 하니 혀가 꼬여서 발음이 불분명했던 걸까? 신고자는 택시기사가 갑자기 고속도로를 타고 이상한 데로 가니까 겁이 나서 택시기사에게 감히 어디로 가느냐고 묻지도 못하고 112신고를 한 것이었다. 얼마나 힘이 빠지는 해프닝이었던지. 그 밤에 수많은 경찰력을 수색에 동원하여 겨우 신고자를 찾았는데, 참 어이가 없다. 112신고를 했는데 왜 이렇게 늦게 왔냐고, 왜 자기를 구하러 빨리 안 와 줬냐고 오히려 울며불며 원망하더란다.

그녀는 112만 누르면 자기의 모습이 경찰 화면에 떡하니 보일 것이라 생각한 건가? 자기가 전화하자마자 기다렸다는 듯이 경찰관이 슈퍼맨처럼 '짠' 하고 나타날 거라고 생각했나 보다. 시민들은 경찰관이 전지전능한 신이라고 생각하는 걸까? 그 모든 요구를 다 들어주려면 경찰은 신과 맞먹는 힘을 가져야 하는데 말이다.

그녀는 알까? 그 밤에 교통, 지역 경찰, 형사, 여성·청소년 모든 직원이 동원돼서 수색하고 찾으려 헤맸다는 것을. 얼마나 많은 경찰력이 동원되었는지 그녀는 아무것도 모를 것이다. 아마도 그녀는 집에 도착해서 푹 숙면한 후 다음 날 아무렇지 않게 그녀의 평범한 하루를 시작하겠지.

한밤중에 본의 아니게 많은 경찰력이 이곳저곳에 배치되고 수색하느라 고생했지만, 그래도 신고자가 다치거나 위험한 상황이 아니어서 다행이라고 생각했다. 하룻밤을 꼬박 날린 그 해프닝은 다음 날 일보에 살인 몇 건, 강도 몇 건, 성범죄 몇 건 등의 보고 건수에 올라가는 중요 사건은 아니다. 그냥 특이사항 없음으로 보고되는 건이겠지만, 그녀가 강력 범죄의 숫자에 포함되지 않아서 정말 다행이라고 생각했다. 그녀의 평범한 일상이 지켜져서 정말 다행이라고.

흔히들 영화나 드라마를 보면 연쇄살인 사건, 강도 상해 사건, 조폭 사건, 성폭력 사건 등 굵직한 사건들을 소재로 해서 만든 작품들이 히트한다. 당연히 자극적인 제목일수록 인기가 있고 더 흥행한다. 물론 신문에 대문짝만 하게 실리는 사건들, 일명 중요 범죄 사건들도 우리 주위에 많이 일어난다. 하지만 그 이면에는 이렇게 눈에 안 띄는 일반 신고들도 많다는 걸 사람들은 알까? 이 세상이 평범하고 평화롭게 잘 굴러가는 것처럼 보이는 것은, 아마도 전국의 경찰관들이 소리 없이 묵묵히 각자 자기 위치에서 자기 일을 해 나가기 때문이지 않을까? 뿐만 아니라 모두가 잠든 어두운 밤에도 소방관, 응급실 의사, 간호사 등등 보이지 않는 곳에서 묵묵히 자기 자리를 지키며 일하는 사람들이 있기 때문이 아닐까?

* * *

CODE 3, 나흘 전 주간 근무 때 받은 신고 전화의 처리 결과를 체크해 본다. 112신고를 했던 그녀는 초등학생 아이를 둔 엄마라고 했다. 요즘 동네에 유괴 납치 괴담 때문에 불안해서 살 수가 없다는 내용이었다. 자세한 내용을 들어 보니 '하굣길에 봉고차에 탄 아저씨가 휴대전화 조작법을 모르겠다며 초등학생을 차에 태워서 간 적이 있었는데 다행히 위험은 모면했다'라는 단체 문자를 학교에서 보냈다고 한다. 요즘 분위기가 이런데 경찰에서는 빨리 무슨 조치를 해야 하는 거 아니냐고 성화다. 당장 위험이 닥친 상황은 아니었기에 CODE 3을 누르고 각 해당 부서에 통보하여 진행할 수 있도록 조치해 두었다. 내 경험으로 이런 사건은 초반에 빨리 선제적으로 처리하는 게 제일 나은 방법이기 때문이다.

여·청과에서는 해당 학교를 방문하여 탐문하고, 지구대에서는 하굣길 안전 순찰을 실시했다고 한다. 형사과에서는 주변 CCTV를 확인하고 곧 해당 차량 주인을 찾아내어 조사했다고 한다. 차량에 탔던 남성은 인근에 사는 주민으로 '블루투스 기능을 이용하여 휴대전화와 차량 오디오를 무선 연결하는 법을 몰라 학생에게 물어봤다'라고 진술했고, 분리 조사한 학생의 말도 그와 일치했다. 진술과 CCTV 영상 모두 종합해 판단했을 때 별다른 범죄 혐의점을 찾을 수 없었던 사건이다. 여청계에서는 해당 학교에 방문하여 사실을 알려 주었고, 교사들도 학생의 안

전에 안심했고, 학교에서도 학부모 전체 회의를 소집해서 설명회를 하기로 했다. 학부모 신고자도 위 내용을 듣고 매우 고마워하며, 자신이 가입한 지역 맘카페에도 적극적으로 알리겠다고 했다. 이 모든 일이 신고일로부터 단 사흘 만에 마무리되었고, 더 이상의 유괴 괴담의 확산이나 경찰에 대한 불신은 없었다. 정말 성공적인 깔끔한 마무리였다.

사실 그냥 괴담으로 무시하고 넘겨 버려도 될 사건이지만, 난 이 신고 전화에 계속 신경이 쓰였다. 왜냐하면, 똑같은 신고 내용이었지만 전혀 정반대의 결과를 낳았던 112신고 사건도 있었기 때문이다. 한 5~6년 전이었던가? 초등학교 1학년 여학생이 하굣길에 수상한 남자와 마주쳤는데 '엄마가 기다리고 있으니 차에 타라.'는 말을 들었다는 내용이었다. 이 말을 전해 들은 엄마는 불안감에 112에 신고했으나, 출동한 경찰관에게 앞으로 순찰을 잘하겠다는 원론적 답변만 들었을 뿐이었다.

그리고 나서 얼마 뒤 인근 다른 초등학교에서 또 다른 유괴 괴담이 시작되었다. 초등학교 1학년 딸이 등교하는데 봉고차를 탄 아저씨가 예쁜 목도리를 보여 줄 테니 함께 집에 가자고 했다는 내용이었다. 작은 동네여서 그랬을까? 소문은 어린 자녀를 둔 학부모를 중심으로 맘카페, SNS, 단톡방을 통해 급속히 퍼져 나갔다. 제대로 확인되지 않은 말들은 하루 이틀 만에 소문이 소문을 낳고 여기저기 옮겨 다니더니, 결국 지역 사회 전반에 초등학생 유괴 괴담으로 자리 잡아 가고 있었다. 각 학교에서는 학생들의 등·하교 시 조심하라는 통지문을 학부모들에게 발송했고, 인근 아파트에서는 아침·저녁으로 등·하교할 때 자녀 안전을 당부하는 안내방송을 했다. 급기야 TV 및 지역 신문에서 학교 유괴 괴담을 보도하며 지역 사회의 불안감은 걷잡을 수 없이 증폭되었다.

부랴부랴 뒤늦게 진상 파악에 나선 해당 경찰서에서는 인터넷 최초 유괴 괴담의 근원이 되었던 학부모와 딸을 찾아냈다. 학교 주변 CCTV 등을 확보하여 사실을 확인해 보니 차를 탄 남성과 대화한 적도 없고, 주위에 수상한 차량이 배회하는 장면도 없었다. 아이로부터 친구들 사이에서 퍼진 소문을 그냥 얘기한 것이라는 사실을 밝혀낸 후, 초등학생 유괴 미수 사건은 단순 괴담일 뿐이라고 보도자료를 내고, 추가 해명자료를 보도했지만 한번 시작된 소문의 확산세를 진정시키기엔 역부족이었다. 단순 해프닝으로 끝날 수도 있었던 사건이었지만, 한 달여가량 울산 전역은 유괴에 대한 불안감으로 떨어야만 했다. 아울러, 유괴 괴담에 늑장 대처해서 지역 사회에 불안을 확산시킨 경찰에 대한 불신감만 깊이 남았던 사건이었다.

정말 비슷하게 닮은 이 두 사건은 경찰이 초동 조치를 어떻게 하느냐에 따라 정반대의 결과를 가져올 수도 있다는, '호미로 막을 일을 가래로 막는다'라는 속담과 너무나 잘 들어맞는 사례였기에 기억에 남는다. 모든 일에는 타이밍이 정말 중요하다. 스마트폰, 인터넷의 발달로 인육, 살인, 실종 괴담이 한번 생겨나면 소문의 확산 속도는 상상을 초월한다. 가짜 뉴스가 난무한다. 처음부터 사소한 의심을 깔끔하게 해소해 주었다면, 주위에 이런 말 저런 말들이 돌아다니며 괴담으로 자리 잡을 수 있었을까. 이왕 같은 일을 해야 한다면 뒤늦게 힘은 힘대로 쓰고 욕을 듣는 것보다, 좀 귀찮다 싶더라도 초반에 제대로 일하고 무탈한 게 낫지 않은가. 아마도 시민의 불안감을 해소해 주는 것, 이것이야말로 경찰의 중요한 임무는 아닐는지. 지역 사회의 평온을 유지하는 게 얼마나 중요한지를 다시금 생각해 본다.

* * *

여러 가지 생각들이 머릿속을 스친다. 우연, 실수, 은폐, 소문, 그리고 아이의 상상력, 그리고 거짓말. 예전에 봤던 이언 맥큐언의 《속죄》라는 책이 문득 기억난다. 아마 〈어톤먼트〉라는 영화로도 나왔지 싶다. 작가를 꿈꾸는 주인공 브리오니는 상상력이 풍부한 여자아이다. 철모르는 아이 때의 거짓말로 언니 세실리아와 의대 입학을 앞둔 전도유망한 청년 로비의 사랑을 박살 낸다. '내가 봤어요'라는 어린 브리오니의 한마디 말로 로비는 성폭행범으로 몰린다. 진짜 성폭행 범인은 은폐되고, 로비는 감옥에 가게 되고, 그녀의 언니 세실리아는 가족에 대한 배신감으로 집을 나간다. 이 두 사람의 비극적 사랑의 결말에 난 너무 가슴 아팠다. 그런데 일흔을 넘긴 노인이 되어 소설을 발표한 브리오니는 두 사람을 책 속에서 영원히 행복하게 살게 해 주었으니 최고의 선물이 아니냐며 말한다. 그것으로 그녀는 속죄했다고. 이 얼마나 오만한 생각인가. 자신이 마치 신이라도 된 것처럼 말이다. 고작책 속에서 두 사람을 해피엔딩하게 했으니 속죄했다고 생각하다니. 난 분노했다. '아니, 브리오니 난 널 절대 용서 안 해 줄 거야. 그리고 넌 절대 용서받으면 안 돼. 남의 인생을 그렇게 박살 내 놓고 넌 잘 살아 있구나'라고 분노했었다.

인간의 무지는 어디까지 용서받을 수 있는가? 어릴 때 한 행동이면 모든 것이 용서되는가? 모르고 한 일이라면 다 용서되는가? 누가 이런 내 생각을 들으면 웃을지도 모르겠다. 무슨 소설 속 인물한테 그렇게 감정이입을 하느냐면서 말이다. 아이의 상상력에 거짓말이 더해지고 실수가 더해지고 거기에 진실이 은폐되면서 하나의 비극이 만들어진 것처럼, 이 사건들도 분명히 엄청난 결과를 초래할 수도 있었을 것이다. 더 큰일이 일어나기 전에 예방하는 것이 최선이다. 물론 신이 아닌 이상 앞으로 그 사건이 어떻게 진행될지는 아무도 모른다. 모든 일의 제일 확실한 해결 방법은 솔직함이 아닐까. 진실을 제대로 마주하고 솔직하게 소통하는 것, 그것이 제일 좋은 방법일 것이다.

우연한 하나의 일은 아무 힘이 없다. 하지만 그 우연에 다른 우연이 더해지면 우연이 아니게 된다. 우리는 그 일에 대해 조금 인식을 하게 된다. 그리고 세 번째 우연이 더해지면 우리는 의미를 부여한다. 우연은 필연이 된다.

그 우연한 일들이 모여 사건이 된다. 우리는 매사에 그런 우연을, 어떤 신호들을 놓치지 않도록 관심을 기울여야 한다. 우리의 의식은 항상 깨어 있어야 한다.

* * *

모니터를 보고 있는데 옆자리의 강혜영 경사가 어깨를 톡톡 치며 말을 건다.

"선배. 경찰 현장 활력소 게시판에 글 보셨어요?"

"아니. 아직 못 봤는데."

"자치경찰 관련 뉴스 기사 난 거 한번 검색해 보세요."

"왜? 무슨 일인데?"

"어느 지역 자치경찰 위원장이 파출소에 찾아갔는데 사건 처리 관련 문의도 하고 자치경찰제에 대해 어떻게 생각하느냐고 물어보았는데요. 그런데 이 과정에서 무슨 일이 있었는지 위원장이 물컵을 던지고 행패를 부렸대요. 파출소에서는 그 사람을 공무집행방해로 입건했고요. 게시판 한번 보세요. 지금 전국에 경찰관들이 들썩들썩 난리예요."

경찰관들의 현장 목소리를 위한 현장 활력소 게시판에 무슨 글이 올라왔다는 걸까? 검색어에 '자치경찰'이라고 쳐 보니 수백 개의 글이 쫙 뜬다. 얼핏 훑어보니 어느 도시의 자치경찰 위원장이 파출소에서 행패를 부렸다는 기사가 올라 있다. 자치경찰 위원이 위문차 파출소에 방문했는데 경찰관의 태도가 불만이었던지 음료수병을 던지고 했단다. 그러자 경찰관이 그 위원을 공무집행방해로 입건했다고 한다. 그 사건 관련하여 전국의 경찰관들이 자치경찰에 반대한다는 내용의 글이 한둘이 아니다. 안그래도 몇 년 전부터 자치경찰 관련해서 찬성·반대 입장의 글은 꾸준히 많이 올라왔었는데, 이번에는 반대 견해의 글이 폭발적이다.

경찰의 위상이 땅에 떨어졌다며, 지금 현 상황도 이럴진대 자치경찰제가 시행되면 앞으로 경찰은 정치권력의 노비가 될 것이라는 말도 있다. 노숙자, 주취자, 행려병자 관리, 주민의 일반 생활불편신고까지 모두 자치경찰 사무에 광범위한 업무 규정으로 만들어 경찰한테 책임을 지우게 될 거라며 게시판에 격양되고 거친 표현들이 난무한다. 바로 이것이 현 우리나라 경찰의 위상과 실상을 보여주는 장면이라고 개탄하는 울분의 목소리도 있다. 에이, 설마 그렇게 바뀌려고?

사실 그동안 자치경찰에 대해 자세한 내용은 나도 자세히 몰랐기에 찬성이니 반대니 하는 부분에 대해서는 별로 생각해 보지 않았다. 잘 모르니 관심도 없었다. 처음에 자치경찰이라는 말을 들었을 때도 '자치경찰? 그게 뭐지? 뭐가 달라진다는 거야?' 하며 잘 감이 오지 않았다. '월급 주는 주체만 바뀌는 거 아닌가…? 뭐 그렇게 많이 달라지겠어?' 하고 안이하게 생각했다. 하지만 게시판의 글을 죽 읽어 내려가다 보니 인사권이 넘어간다는 말에 갑자기 정신이 번쩍 들었다. 어라? 다른 건 잘 모르겠는데 인사권이 넘어간다는 것은 좀 아니지 않아?

국가 경찰일 때는 나의 소속이 국가이기 때문에 내가 하는 업무는 외부의 영향이나 압력을 받지 않는다. 내 소신껏 내 양심껏 내게 주어진 일을 하면 된다. 하지만 자치경찰로 바뀌게 되면 경찰의 인사권자는 지방자치단체장으로 바뀐다. 그 말은 내가 하는 업무가 상부의 압력, 특히 지자체 또는 그 외 기관들에 휘둘릴 수 있게 된다는 말이다. 그 말은 내가 업무를 함에 있어 윗사람의 눈치를 보고 내 소신대로 일을 진행할 수 없게 된다는 뜻이 된다. 내 인사권을 쥐고 흔드는 상관이 있다고 상상해 보라. 부당한 명령이 없을 거라고, 불손한 청탁이 없을 거라고, 내가 흔들리지 않을 거라고 장담할 수 있을까? 누구누구 사건 좀 잘 부탁한다는 상사의 전화 한 통을 내가 무시할 수 있을까? 지금도 이런데 자치경찰이 시행되면 앞으로 더하면 더했지 덜하진 않을 것이다. 생각하고 또 생각해야 한다. 의심하고 또 의심해야 한다. 자치경찰제에 대해서.

갑질이라… 직장 다니는 월급쟁이 중에서 본인의 인사권을 쥐고 흔드는 누군가가 있다면 흔들리지 않을 직장인이 누가 있을까? 자기 소신대로 밀고 나갈 사람이 있을까? 갑질과 부조리에 당당히 맞설 용기가 있는가? 상사로부터 갑질을 당하는 직원이 옆에 있다면 내가 아니라서 다행이라고 속으로 안도한 적은 없는가? 회식 자리에 상사의 옆자리 좌우로 젊고 예쁜 여직원을 앉히는 데 동조하지는 않았는가? 아니면 여직원의 당황한 눈빛을 못 본 척 외면하지는 않았는가? 주위의 갑질과 부조리가 내 눈엔 전혀 안 보이는 척 한쪽 눈을 슬쩍 감아 버린 적은 없는가? 나만 아니면 된다고 생각해 본 적은 없는가? 당신은 어떤 사람인가.

이렇게 반대하는 자치경찰의 시행을 강행하는 이유가 뭘까? 혹시 정치적 목적 또는 이권을 달성하기 위해 경찰의 힘을 손에 넣고 좌지우지하려는 지하 조직의 거대한 음모가 숨어 있는 것은 아닐까?

자치경찰제의 시행을 눈앞에 둔 지금 난 소설 한 편을 상상해 본다. 돈이나 권력의 최고 꼭대기에서 드러나지 않는 비밀 단체나 지하 조직이 있는 거다. 아무도 상상하지 못했던 그런 방법으로 어떤 거대한 조직이 큰 그림을 그리며 배후에서 조종하는 것이다. 그 비밀을 눈치채는 사람들은 의문의 죽음 또는 실종을 당하는 거다. 언론까지 장악해서 가짜 뉴스를 퍼트려, 시민들의 불안감을 이용한다. 무엇이 진실이고 무엇이 거짓인지, 무엇을 믿어야 할지 국민의 판단에 혼란을 준다. 어떤 이익 단체가 정치적 목적 또는 자기들에게 유리한 이권을 추구할 수도 있겠지. 아니면 어떤 힘 있는 정치가가 정치적 권력을 잡는 데 경찰의 힘을 이용할 수도 있겠지. 그들은 법을 개정하기도 쉬워서 그들의 이익이나, 이해관계에 부합하면 기존에 없던 법도 새로 만들고 고쳐 버린다. 방해되는 법이 있으면 폐지하거나 그 법 조항을 삭제해 버린다. 힘 있는 자가 언론과 사법을 모두 장악해 버린 도시는 무법천지가 되어 있는 대략 이런 스토리.

지금 당장은 모르더라도 10년이나 20년, 아니면 30년, 어느 정도 시간이 흐른 뒤 지금의 상황을 돌이켜 보면 '자치경찰제의 시행'은 그 모든 비극의 시작점이 되는 것은 아닐까? 신문에 난 이 자치경찰 위원이라는 사람의 행태에 관한 기사가 빙산의 일각은 아닐까?

　물론 제대로 경찰에 힘을 실어 주자는 시민들의 의견도 많다. 똑똑한 시민들은 얼마나 많은가. 국가의 잘못을 비판하기도 하고, 억울한 일이 있으면 국민청원도 한다. 네티즌 수사대를 보라. 어지간한 형사보다 수사를 더 잘한다. 하지만 언론에 난 그런 시끌시끌한 대형 사건 말고, 드러나지 않는 억울한 사건들은, 아무도 관심 기울이지 않는 소소한 사건들은 어떻게 할 것인가. 그런 도시에서 국민을 누가 지켜 줄 수 있을까? 흔들리지 않는 신념을 가진 경찰관이 과연 몇이나 남아 있을까?

* * *

혼들리지 않는 신념이란 무엇일까? 이런 생각을 하는 와중에 생뚱맞게도 갑자기 밀란 쿤데라의 《참을 수 없는 존재의 가벼움》이라는 책이 생각났다. 그것도 네 명의 등장인물 중 이 여자 저 여자들을 만나며 제일 가벼운 사랑을 하던 제일 가벼운 남자, 토마시가 생각나는 것은 왜일까?

이 소설은 체코의 민주화 과도기, 소련의 침공 시기, 일명 '프라하의 봄'을 배경으로 한다. 외과 의사라는 상류층 직업을 가진 토마시는 당시 공산당을 찬양하던 지도부를 향해 '오이디푸스 신화'를 인용하여 화살을 날린다. 그 오이디푸스처럼 공산당에 대해 눈을 뽑아 버려야 한다고. 오이디푸스는 본인이 아버지 라이오스 왕을 죽였다는 사실도 모르고, 자신의 어머니 이오카스테와 동침하는 줄도 몰랐지만, 그 모든 사태의 진실을 알게 되자 자신이 결백하다고 생각하지 않았다. 자신이 모르는 상태에서 행한 일들을 견딜 수 없어 그는 자기 눈을 찌르고 장님이 되어 큰딸 안티고네에게 의지해 테베를 떠난다.

오이디푸스 신화를 인용해 신문에 냈던 기고문이 토마시의 발목을 잡는다. 소련의 침공 후 그는 공산당으로부터 그가 쓴 기고문의 내용을 모두 부인하는 철회서에 서명하라는 강압적 요구를 받게 된다. 토마시가 철회서에 서명하기를 거부하자 외과 의사직을 박탈당한다. 그는 유리창닦이 일을 하며 하루하루를 겨우겨우 입에 풀칠하며 살아간다. 그 후 아내와 함께 시골로 내려가 농사를 지으며 사는 토마시를 보고 난 당황스러움을 느꼈다.

소설 속에서 토마시는 숱한 여자들과 가벼운 사랑을 하는 가장 대표적 인물인데 왜 그런 선택을 했지? 세상을 가볍게 보고, 사랑을 가볍게 보고, 삶을 가볍게 본 그가 말이다. 잘나가는 외과 의사라는 직업을 잃고 유리창닦이로 되면서까지 그는 왜 자기의 신념을 굽히지 않았을까? 그냥 눈 딱 감고 철회서에 사인 한 번만 하면 되는데 말이다. 아무도 뭐라고 할 사람도 없을 텐데. 그는 기자도 아니고, 영웅도 아닌, 그냥 평범한 사람인데 말이다. 도대체 왜 그는 철회서에 서명하지 않았을까? 대부분의 사람들은 그냥 서명하고 현실과 타협하려 할 텐데. '그는 왜 그런 선택을 했을까?'라고 거듭 물어보고 또 물어본다.

떳떳함이라…. 모든 사람을 속일 수 있어도, 유일하게 속이지 못하는 존재가 바로 자기 자신이다. 아마 그도 자기 자신을 속일 수 없었던 것일까. 나도 하늘을 우러러 한 점 부끄럼 없는 삶을 살 수 있을까? 나도 내 신념을 굽히지 않고 당당하게 살 수 있기를 소망한다.

역사와 시대라는 거대한 흐름 앞에서 나의 존재는 너무나 가볍고 보잘것없는 티끌 같은 존재이다. 미미하게 스쳐 지나가는 미천한 존재에 불과한 내가 무슨 힘이 있을까. 하지만 그래도 지금 내게 주어진 이 자리에서 충실하게 삶을 살아가다 보면, 우리 아이들이 살아갈 미래가 조금은 나아 있지 않을까 기대하며 그냥 난 오늘 하루 개미처럼 열심히 살아갈 뿐이다.

* * *

게시판의 글을 한창 읽고 있는데 모니터에 신고 전화가 뜬다.

"긴급신고 112입니다."

"아, 저기요, 누가 ATM기에서 돈을 입금하는 것처럼 보이는데 좀 이상해서요."

"어디 은행인가요?"

"KB국민은행 옥동점이요."

보이스피싱일까? 우선 CODE 제로를 입력한 뒤 출동

지령을 내린다.

"어떤 점이 이상한가요?"

"돈다발 같은데 여러 묶음을 계속 ATM 기계로 입금하는데요."

"혹시 인상착의는 어떤가요?"

신고자로부터 그 사람의 인상착의와 입은 옷의 색, ATM 위치 등을 청취하며 추가로 더 알아낸 정보를 계속 입력한다. 마침 근처에 거점 근무 중인 순찰차가 있어서 바로 도착했다. 경찰관이 왔다며 통화를 종료했다. 다행히 경찰관이 빨리 도착해 송금 중이던 보이스피싱 용의자를 검거해 더 큰 피해를 막을 수 있었다고 한다.

코로나 19로 살기 어려워진 요즘 보이스피싱 범죄는 더욱더 기승을 부린다. 금융 기관이나 전자상거래를 사칭하는 정체불명의 스팸 문자, 악성코드를 심은 문자메시지, 경찰·검사를 사칭한 사기 전화도 있다. 인터넷, 휴대전화 등 정보통신 기술이 발달하면서 이런 지능범들의 수법은 날로 진화해 간다. 주위에 보이스피싱 당하는 사람들 보면 이해가 안 된다면서, 자기는 절대 보이스피싱 안 당할 거라고 자신 있게 말하는 사람도, 막상 자기가 당하고 보면 어이없는 경우가 많다. 장담하지 마라. 앞일은 아무도 모른다.

보이스피싱은 예방하는 것이 최선책이겠지만, 차선책으로 최대한 빨리 알아채고 발 빠르게 신고해서 피해를 최대한 줄이는 게 중요하다. 보이스피싱으로 피해자가 된 것도 억울한데 보이스피싱 당한 이후 삶을 비관하여 극단적 선택을 하거나 가족들에게 씻을 수 없는 상처를 주는 일도 종종 있다. 이중의 고통이다. 세상은 우리를 조용히 살도록 가만히 놔두지 않는다. 범죄의 유혹은 도처에 숨어서 우리가 잠깐 방심한 사이 약한 정신을 파고들어 갉아먹는다. 우리의 정신은 항상 깨어 있어야 한다. 불의한 것은 언제 어느 때고 틈새를 파고들어 우리 인생을 파괴할 수 있으니까.

　　　　　　　　　　* * *

"긴급신고 112입니다."

"보소, 여…. 여…. 우리 손녀… 좀 찾아 주이소. 아까 집을 나갔는데…. 빨리 좀."

"네, 신고자분. 계시는 지역이 어디인가요?"

"극동 초등학교 근처인데…."

단순 가출인가? 유괴인가? 우선 CODE 제로를 입력한 뒤 출동 지령을 내린다.

집을 나간 지 1시간이 넘도록 아이가 아직 돌아오지 않는다며 할머니께선 불안한 상태다. 아이가 왜 나갔는지. 친구를 만나러 간 건 아닌지. 인상착의는 어떤지. 무슨 옷을 입고 나갔는지. 혹시 사진이 있는지. 휴대전화는 들고 나갔는지 등을 물어본다. 요즘 코로나 19 때문에 등교가 불규칙한 학교가 많다고 하더니만…. 맞벌이 가정의 아이들을 할머니가 보는 경우가 있다더니, 이 아이도 할머니 댁에서 지내고 있나 보다. 아이들 관련 사건은 골든타임이 중요한데 1시간이나 지났다니 큰일이다. 관할 지구대에서는 순찰차 3대를 투입해 초등학교 주변을 수색하고 근처 CCTV를 확인하고 할머니 댁을 방문하여 관련 정보를 신속히 파악한다.

신고 접수된 지 40분 만에 초등학교 근처에서 아이를 찾았다는 종결 보고가 올라왔다. 계속 신경 쓰였던 신고 건이었는데 잘 해결되었다니 그제야 마음이 놓인다. 그 아이는 처음 경찰을 만났을 때 놀라서 울음을 터트렸는데 나중에는 경찰관이 과자와 음료수도 사 주며 이야기도 해 주니 친해졌다고 한다. 무섭게만 느껴졌던 경찰이 친근하게 느껴졌다니 다행이다.

사람들은 세상을 살아가면서 서로에게 많은 영향을 주고받으며 살아간다. 나 자신도 알지 못하는 사이에 다른 사람한테 영향을 주는 경우도 많다. 내가 경찰서에 처음 발령받고 2~3년 차 되었을까 여성청소년계에서 근무한 적이 있었다. 관내 전체 초등학교에서 4~6학년 사이의 명예 경찰소년단 희망자 신청을 받아서 발대식을 하는 날이었다. 신청자 명단 받고, 단복 주문해서 분류하고, 공연 섭외 등 행사 일정 준비에만 한 달을 꼬박 매달렸다.

행사 당일 서장님, 각 과장님, 학교 선생님, 소년단, 내빈 등등 모인 인원 수백 명이 강당을 꽉 채웠었더랬다. 학생 대표로 선서를 해야 할 아이를 뽑아야 하는데 남학생, 여학생 각 1명을 선발해야 했다. 6학년 중에서 키 크고 순한 인상의 아이가 눈에 띄었다. 즉석에서 연습하고 선서를 시킨 적이 있었는데 아이들 둘 다 긴장은 했지만, 다행히 실수 없이 잘 해냈다. 발대식 시작부터 끝날 때까지 모든 순서가 실수 없이 진행되도록 행사 내내 초긴장 상태였다. 어찌나 긴장했던지 행사를 마치고는 며칠 몸살을 앓을 정도였다.

그때 선서를 했던 아이한테 몇 년 뒤 편지를 받았다. 자기는 너무 내성적인 성격이라 그때까지 남 앞에 서 본 적이 없었다고. 그런데 그때 대표로 뽑혀 선서를 했을 때 너무 무섭고 떨렸다고 했다. 그런데 내가 "너 되게 믿음직해 보인다. 넌 잘할 수 있을 거야. 괜찮아. 떨지 마. 하나도 떨 거 없어."라고 말해 줘서 용기가 났다고. 한번 해 보자는 생각이 들었단다. 잘 해내고 나니 뿌듯하고 가슴이 벅찼다고. 행사가 잘 끝나고 칭찬까지 받아서 너무 행복했다고. 그래서 자기는 커서 어른이 되면 나한테 꼭 은혜를 갚으러 오겠다고 했다. 사실 나는 그때 내가 그런 말을 했던 게 하나도 기억이 안 났다. 그래도 기뻤다. 나도 모르는 사이에 그 아이는 나한테 영향을 받고 있었던 것일까?

일할 때마다 가끔 그때 그 학생의 편지가 생각나곤 했다. 나도 모르는 사이에 나를 보며 경찰관을 꿈꾸는 아이도 있었겠다는 생각이 든다. 그럴 때마다 내 행동에, 말 한마디에 한층 신중을 기해야 함을 새삼 느낀다. 오늘 그 아이도 처음 경찰관을 만나 보고 자기도 나중에 경찰관이 되고 싶다는 그런 꿈을 가지진 않을까 상상해 본다.

우리에겐 살면서 좋은 멘토가 너무나 필요하다. 멘토의 어원은 그리스·로마신화에 나오는 오디세우스의 친구 이름인 멘토르에서 유래되었다고 한다. 트로이 전쟁에 참전하며 오디세우스는 아들 텔레마코스를 친구인 멘토르에게 부탁한다. 텔레마코스는 전쟁이 끝나도 돌아오지 않는 아버지를 찾아 멘토르와 길을 떠난다. 사실은 멘토르의 모습을 한 아테네 여신으로 텔레마코스에게 때로는 용기를 북돋워 주고, 때로는 지혜를 불어넣으며 그의 항해를 이끌어 준다.

인생을 살면서 우리는 중요한 순간마다 상담할 누군가를, 믿을 만한 누군가를 필요로 한다. 나를 객관적으로 판단하고 보아 줄 누군가를 말이다. 하지만 나를 위한 진정한 멘토를 찾기는 정말 힘들다. 제대로 된 한 사람의 스승만 있어도 마음이 얼마나 든든한지.

계속된 신고 전화에 입이 바짝 마른다. 물 한모금 마시며 목을 적시는데 112신고 전화번호가 뜬다.

"네, 긴급신고 112입니다."

"저 여기 개포중학교 근처 공원인데 학생들이 모여 있는데 분위기가 좀 이상해서요. 경찰관이 좀 와 보셔야 할 거 같은데요."

중학생 정도로 보이는 아이들인데 한 명을 여러 명이서 둘러싸고 있다며 학교폭력인지 의심된다는 내용이다. 일단 위치부터 파악 후 CODE 1로 출동 지령한다.

학교폭력이라……. 며칠 전 같은 아파트에 사는 큰아이의 친구 엄마에게 전화를 받았던 게 생각났다. 큰아이가 초등학교 1학년 때 같은 반 학부모 모임에서 알게 된 다정이 엄마였는데, 오랜만의 연락이었다. 무슨 일이 생겼구나 싶었다. 딸아이가 학교폭력을 당했다고 했다. 내가 기억하는 다정이는 어땠던가 기억을 더듬어 본다. 그날 아주 오랫동안 다정이 엄마의 이야기를 들어주었다.

사건의 시작은 이랬다. 어느 날 저녁 식사 후 다정이가 방에서 뭔가를 집어던지는 소리에 놀라서 방으로 들어가 보니 휴대폰이 바닥에 떨어져 있어서 무슨 일이냐고 물어보았단다. 그랬더니 휴대폰을 보여 주더라고… 어릴 때부터 다정이와 친하던 아이들 5명이 있는 카톡방에서 한 아이가 다정이에게 떨어져 죽으라는 카톡을 보냈다고… 다정이는 몇 달 동안 그 친구들에게 괴롭힘을 당해 왔다고 했다. 그동안 있었던 이야기를 듣고 엄마는 피가 거꾸로 솟는 듯했단다. '친구들끼리 싸울 수도 있지, 애들끼리 해결해라'의 수준을 넘어섰구나라는 생각이 들었단다. 가만히 넘어갈 문제가 아니라는 생각에 친구 부모님들을 만나서 대화하려고 전화를 했는데 2명만 연락이 되고 나머지는 연락을 안 받아서 우선 2명 학부모와 만나 얘길 했다고.

부모님들과 만나서 그 아이들 휴대폰을 확인했단다. 5명의 친구들이 다정이가 포함되어 있는 단톡방과 다정이가 없는 단톡방 두 개를 만들어 한쪽 방에서 괴롭힐 방법을 계획하고 다정이 있는 방에서 실행하는 식으로 양쪽 단톡방을 오가면서 몇 달간 지속적으로 다정이를 따돌리고 욕하고 괴롭혀 왔다는 걸 알게 됐다고. 다정이네 반 단톡에 들어가 욕설을 해 놓고는 자기들끼리 단톡방에서 "쌍욕 박았다고. 나 쩔지."라고 자랑을 해 놓았더라고 했다.

그런데 그 부모들은 '그게 무슨 학폭이냐고, 우리 애가 때린 것도 아닌데.' 하면서 오히려 학폭으로 신고하라며 사과도 없이 가 버렸다고 한다. 나머지 아이들에게 부모님 모시고 오라고 문자를 보냈지만 다음 날까지 아무도 부모님 모시고 온 아이가 없었단다. 그래서 학교에 학교폭력 신고를 하게 됐다고. 나중에 알게 됐는데, 사과하러 오기는커녕 가해 학부모들이 이틀 뒤 저희끼리 모두 모여서 다정이 잘못한 건 없는지 찾아내서 공격하자고 대책을 세웠다고 한다.

다정이 엄마는 그날 밤 단톡방 대화 내용 중 일부만 사진을 찍었고 그 단톡방의 대화 내용 전체를 알지 못하는 상태여서 학교 측에 학폭 신고하면서 학폭 담당 선생님께 가해 사실을 추가로 더 확인해 줄 것을 요청했다고 한다. 그런데 학교에서는 개인 정보라서 추가로 확인해 줄 수 없으니 직접 증거를 찾아 제출하라고 말했단다.

그리고 오히려 가해 학생들이 다정이가 잘못한 일들을 2~3년 전 일까지 들춰내며 진술해서 다정이는 계속 그에 대한 조사를 받았다고 했다. 그 조사를 다 받느라고 다정이는 충격을 받아서 며칠 학교를 못 갔다고 했다. 학폭 신고 사실만 조사할 거라 생각했는데 아무 상관도 없는 사실들을 불러서 조사하더란다. 그리고 교장 선생님께서도 가해 학부모들과 화해 자리를 말씀하시며 중재하시려 하고 그냥 좋게 해결하시라고 하며 덮으려 했다고. 나중에 알고 보니 가해 학생 부모들이 교사였더라고. 그제야 학교 측의 비협조적이었던 태도가 이상하게 생각되었다고 했다.

학폭 심의회까지 이 사건을 끌고 가는 과정까지가 너무 힘들었다고. 다정이는 학폭 심의회에서 "제발 그 애들이 저를 잊어 주면 좋겠어요. 기억 속에서 완전히요."라고 말했다고 한다. 그 얘기를 듣는데 마음이 먹먹했다. 지금은 학폭 심의회도 끝났고 다정이는 심리 상담을 받는 걸로 하고, 상대방 아이들은 모두 학폭 3호 처분과 특별교육 처분을 받은 상태라고 했다. 그 과정에서 가해 아이들이 학교에 험담을 퍼트리고 다녀 다정이는 2차 가해를 당해 학교 측에 신고했지만 학교 측에서는 가해 아이들과 다정이를 불러 입단속을 시켰다고 한다. 다른 애들한테 말하지 말라고.

그런데 3호 처분밖에 안 받았다고? 글쎄, 학폭 심의회 처분 결과에 다정이는 위로를 받았을까? 가해 학생들과 그 부모들은 반성하고 잘못을 깨달았을까? 다정이 엄마는 학폭 사건을 처리하는 과정에서 학교 측에서 학폭 사실을 축소시키고 은폐하려 했다는 사실과 학교폭력 처리 과정의 부조리함과 무관심에 너무나 억울해하고 분해했다. 경찰서에 신고하는 것은 아이들에게 너무 가혹한 일이 될 것 같아 경찰에는 신고를 하지 않았지만, 학교 측의 처리 과정에서의 잘못된 부분들에 대해 교육청에 신고를 하려 했다고. 그래서 신고하는 부분에 대해서 어떻게 생각하는지 다정이에게 물어보았지만 다정이는 싫다고 강하게 거부했단다. 지금 자기는 만족하고 안정을 찾아가고 있다고. 만약 학교 측을 상대로 교육청에 신고하려면 자기를 전학부터 보내 달라고. 신고하면 선생님들 무서워서 자기는 도저히 학교를 다닐 자신이 없다고 말했단다. 아이의 말이 맞다. 그런 학교 속에서 아이 혼자 어떻게 버틸 수 있을까?

이야기를 듣는 내내 나는 가슴이 답답했다. 그래도 잘 해결되어서 다행이라고, 다정이가 빨리 회복되길 바란다고 앞으로 더 단단해질 거라는 위로와 공감의 말을 건넸다. 정말 학교에서 이런 식으로 학교폭력 사건을 처리한다고? 믿을 수 없었다.

나도 이때까지 학교에서 학폭 사건이 어떻게 처리되는지 제대로 된 실상을 잘 모르고 있었던 것 같다. 그냥 경찰에서처럼 잘 조사하고 처리할 거라 생각했는데…. 경찰에서의 학폭 사건 처리와 학교에서의 학폭 업무 처리는 과정이 아주 많이 다른 듯하다. 만일 다른 모든 학교에서도 이런 식으로 처리한다면 학교폭력은 근절되지 않겠구나라는 생각이 들었다. 학교폭력이 근절되려면 어떻게 해야 하지? 무엇을 어떻게 바꿔야 하는 걸까? 제도가 잘못된 걸까? 사람이 잘못된 걸까? 교육에 대해 잘 알지도 못하는 내가 교육을 전공하신 교육 전문가들이 하신 일을 왈가왈부할 일은 아니지만 그래도 아이를 키우는 입장에선 걱정이 많이 된다.

전화를 끊고 학폭 사건 처리 과정을 곰곰이 하나하나 짚어 보았다. 학교 측에서는 학폭 심의회가 끝나기 전에는 가해자 피해자가 확실히 구분되지 않기 때문에 중립을 지켜야 해서 가해 학생들에게 미리 어떤 선도 조치도 할 수 없다고 한다. 그래서 가해 학생은 아무런 제재도 안 받고 수업 꼬박꼬박 듣고 오히려 피해 학생은 학교를 가지 못하는 상황이 되었다고. 궁금하다. 왜 학교에서는 미리 선도 조치를 못한다고 하지? 선도(先導)라는 말에는 '미리'라는 의미가 포함된 게 아닌가?

교장, 교감 선생님께서 화해를 종용했다고? 왜? 경미 사안이라면 중재도 필요하겠지만 여러 명이고 중대한 사안이라면? 사안에 따라 학교장의 중재도 달라져야 하는 것이 아닌가? 교육에 대해 알지 못하는 나는 잘 이해가 되지 않는 부분이다.

학교 측에서는 휴대폰을 조사할 권한이 없다고 말했단다. 개인정보보호법 운운하면서 말이다. 피해 학생 측에게 그 모든 피해 증거를 찾아서 제출하라고 말했단다. 가해 학생들이 조사받으면서 휴대폰을 제출했다고 했다던데 학폭 담당 선생님은 왜 이전 카톡 사실들을 모두 확인해 가해 사실을 추가로 조사해 주지 않은 걸까?

학폭 담당 선생님이 조사할 때 그 아이들이 왜 다정이를 괴롭혔는지 혹시 다정이가 잘못한 부분은 없느냐고 물었다고 했다. 그리고 반 아이들한테 평소 다정이가 어떤지 불러서 물어보기도 했다고. 글쎄… 그 선생님은 학교 폭력의 원인을 왜 피해 학생한테서 찾으려고 했던 걸까? 예를 들어, 성폭력 피해를 당한 여성이 있다고 한다면, 그 여성한테 왜 그렇게 옷을 입었느냐고, 왜 헤프게 입고 다녔느냐고 이유를 물어보는 게 맞는가? 성폭력 범죄를 저지른 건 가해자인데, 그 성폭력 당한 피해자에게 책임을 묻는 게 맞는 것일까? 성폭행 당한 여성에게 '니가 옷을 그렇게 입고 다니니까 그런 성범죄를 당하는 거야.'라고 말하는 게 맞는 걸까?

왕따를 당한 피해 학생이 있고, 그 반 10~20명이 왕따 가해자라면 피해자는 그 10~20명의 가해자의 진술에 대해 혼자서 조사를 받아야 하는 게 맞는 걸까? 상대 가해 학생들이 한 사람에 10개씩 진술하면 모두 50개가 되는데 이 진술에 대해서 하나하나 모두 피해 학생 혼자 다 조사를 받아야 하는 건가. 가해 학생들 모두 1~2년 전 있었던 일까지 모두 끌어내서 자기 변명을 하고 있다면, 그럼 피해 학생도 그 가해 학생들처럼 과거 사실을 모두 끄집어내어 또다시 상대방을 공격해야 하나? 그건 본질을 흐리는 것이 아닌가? 그건 양쪽 모두 진흙탕 싸움을 만들자는 건데. 혹시 그 학폭 담당 선생님은 그 사건을 쌍방 가해로 만들려고 그렇게 진행했던 걸까?

학교에 2차 피해를 당하고 있다고 신고했는데, 학교는 오히려 피해 학생 입단속을 시켰다고? 왜 그랬지? 성폭력 피해를 당한 여성이 2차 피해를 당하고 있다고 신고했는데 그 여성에게 입 다물고 있으라고 소문 내지 말라고 하는 게 맞는 건가? 왜 피해자는 숨죽이고 입 닥치고 있어야 하는 거지? 우리나라는 왜 가해자의 인권이 먼저이고 피해자의 인권은 뒷전인 거지? 머릿속에 너무나 많은 의문이 생겨난다.

다정이 엄마와 통화할 때 혹시 사과를 받아 주고 화해

할 시도는 안 해 봤는지 물어보았었다. 그런데 제대로 된 사과는커녕 적반하장이었다고 한다. 가해 학생들의 부모 중에 교사가 몇 명 있었다고 했다. 그리고 학폭 신고하자마자 그 부모들이 모여서 대책을 의논했다고 한다. 글쎄… 교사라는 분들이 아이들에게 반성과 사과를 가르치기 이전에 거짓말부터 가르치고 피해 학생을 중상모략하도록 말을 맞추도록 했다고? 믿기지 않는다. 설마 가해 학생 부모와 학교 측 그들 모두 한통속이었던 걸까? 어차피 같은 교사끼리니까, 나중에 발령 나면 돌고 돌아서 만나니까 좋은 게 좋은 거라고 서로들 편의를 봐 준 걸까? 팔은 안으로 굽는다는 말처럼? 생각해 보면 볼수록 이상한 점투성이다. 내가 이제껏 만나 본 선생님들은 모두 좋은 분들밖엔 없었는데 말이다.

한편으로는 예전부터 들은 말이 있다. 교사나 법 좀 안다는 사람들은 학폭 처분을 받으면 그냥 가만히 있지 않는다고. 학연, 지연, 혈연 등 모든 인맥을 동원해서 소송이든 뭐든 수단 방법 가리지 않고 빠져나간다고. 자식을 보호한다는 명목으로 말이다.

　보호본능이라…. 보통의 경우는 내 아이를 지키기 위해서라면 자신의 모든 걸 걸고 못할 일이 없을 테지. 자동차 사고가 났는데 차바퀴 밑에 깔린 아이를 구하기 위해 차를 번쩍 들어 올리는 어머니에 대한 뉴스를 본 적도 있다. 하지만 학폭 사건의 가해자가 내 아이일 경우 부모는 어디까지 커버할 수 있을까? 자기가 할 수 있는 모든 수단 방법을 총동원해서 빼 주는 게 옳은 걸까? 하지만 그런 부모를 보고 크는 아이는 어떤 가치관을, 어떤 신념을 가지고 자랄까? 아이를 따끔하게 혼내고 반성하도록 하는 것이 올바른 훈육이라고 말한다면 너무 교과서적인 뻔한 대답이라고 할까?

* * *

갑자기 주위가 소란스러운 듯해 112신고 통합 시스템 전광판을 보니 입화산 근처에 순찰차와 교통순마, 형마가 집중 배치되어 있는 게 눈에 띄었다. 팀장님께서는 검정색 모자에 파란 티셔츠 등산화 차림의 남자를 목격했다는 112전화가 오면 바로 알려 달라며 전체 공지하신다. 사건 내용을 살펴보니 혼자 등산하던 40대 여성을 성폭행하려다 비명 소리를 듣고 주위에 사람이 보이자 용의자가 도망쳤다는 것이다. 용의자가 어느 쪽으로 내려갔는지 모르니까 입화산 일대를 전체 수색해야 하는 상황인 듯하다. 지역 경찰과 형사들이 산을 수색해 올라가고 교통순마는 산 아래쪽을 차단하고 있는 모양이다.

전광판을 살펴보고 있는데 내 자리에 112전화 발신 화면이 뜬다.

"네, 긴급신고 112입니다."

"저기요, 여기 좀…. 치매 노인이신 거 같은데요. 좀 이상한 점이…."

"신고자 분 지금 계신 곳이 어디인가요?"

"굴화 주공 아파트 앞요."

치매 노인 신고일까? 우선 CODE 2를 입력한 뒤 출동 지령을 내린다.

"어떤 점이 이상한가요?"

신고자의 말로는 집 주소를 말씀하셔서 직접 모시고 찾아가 보니 전혀 모르는 사람이 살고 있다고 한다. 길을 잃어버렸다고 말씀하기도 하고, 서울에 산다고도 했다가, 부산에 집이 있다고도 했단다. 마침 근처에 지역 안전 순찰 중이던 순찰차가 있어 바로 현장에 도착했다. 전화 종료 후 처리 결과를 찾아보니 가족에게 잘 인계되었다. 할머니의 지문을 채취했는데 다행히 신원이 확인되어 가족을 찾을 수 있었다고 한다.

예전에 10년 전쯤 파출소에 근무할 때 일이다. 어떤 80대 할머니가 가족을 찾아 달라고 찾아오셨다. 50대 아들이 있긴 한데 결혼해서 자식도 있고 잘 살고 있다고. 그런데 할머니와 연락을 끊고 산 지 10년이 다 되어 간다고 했다. 할머니는 아들을 찾아 달라고 하셨지만, 이런 경우는 가출인 접수도 되지 않는 사안이고, 헤어진 가족 찾기 신청을 하더라도 당사자가 원하지 않으면 연락처를 알려 줄 수도 없었다. 당사자가 원하지 않으면 강제로 만나게 해 줄 수도 없는 상황이었다.

가족인데 만나길 거부한다고? 그 가정에 무슨 일이 있었던 걸까? 고부 갈등이라도 있었던 걸까? 아니면 어떤 피치 못할 사정이 있기에 가족의 연을 끊고 사는 걸까? 가정사를 여쭤볼 수 없어서 안타까웠다. 정신 질환자나 조현병 환자들의 경우 경찰이 연락했을 때, 가족이 안 받아 주고 인수 거부하는 경우는 본 적이 있었어도, 그 할머니의 사연은 씁쓸한 기억으로 남았다. 지금도 그 할머니는 계속해서 이곳저곳 찾아다니며 아들을 찾아 달라고 하고 계실까? 이런저런 생각에 빠져 있는데 무전에 인상착의의 용의자를 발견했다는 소리가 들린다.

* * *

책상에 앉아 있는데 콧물이 흐르는 느낌이다. 휴지로 닦아 보니 붉은색이다. 코피인 건가. 휴지로 코를 막아 보지만 멈추질 않는다. 휴지를 돌돌 말아 넣은 채 꾹 누르고 기다리니 한참만에야 코피가 멎는 듯하다. 옆자리의 강혜영 경사에게 손으로 사인을 보내고 화장실로 간다. 물로 코피를 씻어 낸다. 생각해 보니 요즘 코피가 자주 난다. 이상하다. 평소에 내가 코피가 자주 나는 편이었던가?

화장실에 간 김에 가슴의 패드를 교체한다. 요즘 젖꼭지에서 분비되는 정체불명의 액체…. 이게 성분이 뭘까. 젖인 걸까? 설마. 애 낳은 지 10년이 넘었는데? 젖은 아닐 거야. 그럼 이 분비물은 뭐지? 혹시 고름인가? 가슴속에서 불안감이 조금씩 머리를 치켜든다. 혹시 유방암이나 뭐 그런 건 아니겠지. 유방암 증상을 검색해 보니 유방에

멍울이 만져지거나, 통증, 분비물이 나올 수도 있다고 쓰여 있긴 하던데.

화장실에서 나오다가 우연히 이연희 선배를 만났다. 그 선배는 유방암 수술받고 몇 년 항암 치료하다가 작년에 복직한 선배다. 오랜만에 만난 선배에게 반가운 인사를 건넸다. 이런저런 안부를 묻다가 갑자기 궁금한 게 생각나서 조심스레 말을 꺼냈다.

"선배, 예전에 유방암으로 수술받으셨었잖아요. 그때 어떤 이상한 증상이 있어서 병원에 가 보셨던 거예요?"

"난 그때 유두에서 멍울이 잡혔어. 그리고 분비물도 좀 있었고. 그래서 병원에 가게 됐던 거야."

"선배 사실은 제가 증상이 좀 이상해서요. 저도 유두에서 분비물이 좀 나와서요. 젖인가 싶기도 하고, 고름인가 싶기도 하고요."

"아이고, 너는 그런 일 있었으면 빨리 병원 가 봐야지. 왜 아직 안 갔어?"

병원 예약은 해 두었으니 걱정하지 말라고 말한 뒤 선

☾

배와 헤어져 사무실로 오는데 불안감이 밀려온다.

* * *

사무실에 돌아와 다시 헤드셋을 쓴다. 어디서 벨 소리가 울린다. 112신고가 아니라 경찰 내부망 회선에서 벨 소리가 울린다. 누구 자리에서 울리는 벨 소리지? 고개를 쭉 빼고 주위를 둘러보니 모두 통화 중이다. 할 수 없이 전화를 당겨 받았다. 경찰서 교통조사계의 직원이라며 언성을 높인 남자 목소리가 흘러나온다. 상대도 확인 안하고 언성부터 높이는 목소리를 들으니 나도 모르게 욱하고 화가 치밀어 오르지만 일단 침착하게 가만히 이야기를 들어주었다.

차 주인이 집에서 나와 빌라 주차장에서 본인의 차가 파손된 걸 보고 112신고를 했는데 누군가가 경찰서 교통조사계로 바로 112전화를 연결한 모양이다. 아마도 주간 당직이 전화를 받았을 테지. 그 직원은 초동 조치할 사건이면 파출소로 보내야지 왜 112전화를 이쪽으로 연결하느냐며 화를 낸다. 시시비비를 가리고 나도 같이 언성을 높일까 아니면 그냥 내 선에서 조용하게 마무리 지을까 고민해 본다. 그러다가 일단 침착하게 사과의 말을 건네고 112팀원들에게 해당 내용을 전파하겠다고 설명하고 전화를 끊었다.

나는 아까 그 전화를 왜 그냥 조용히 마무리 지었을까. 내가 전화 연결한 거 아니라고 반박하고 아까 교통사고 접수한 사람이 누군지 끝까지 찾아내고 밝혀내면 잠깐 내 억울함은 풀어지겠지만 그런다고 해서 뭐가 더 얻어지겠는가. 그리고 교통조사계도 현장 출동 나갈 수 있는 거지 그게 화낼 일이냐고 따지고 싶지만 참는다. 누구나 실수할 수 있고, 그 사람도 나름의 이유가 있을 테니 그렇게 했겠지. 싫은 소리 듣는 건 한 사람으로 족하니까. 씁쓸한 마음을 뒤로하고 우리 팀 단체 메신저 방에 참고하라는 내용의 글을 간단히 띄운다.

그 사람도 마음에 여유가 조금이라도 있었더라면 전화해서 무턱대고 언성부터 높이진 않았을 텐데. 순경이라는 걸로 보아 팀의 막내인 듯싶다. 업무 부담이 많아서 스트레스가 쌓인 상태이거나 번아웃 상태인 걸까? 보통의 경우 마음이 힘든 상태일 때 이렇게 감정 조절을 못 하고 화를 표출하는데 말이다.

문득 혈기 왕성해서 이리저리 부딪히고 했던 내 순경 초임 시절이 생각났다. 내가 맡은 건 무엇이든 완벽하게 끝장을 봐야 한다는 강박 관념에 사로잡혀 무조건 앞만 보고 달리고, 제대로 쉬지도 않아서 신경은 항상 날카롭고, 가족들한테도 까칠하게 굴고, 주변 사람들에게도 고슴도치처럼 뾰족하게 대하던 스트레스 가득하던 그 신임 시절이. 그 시절의 내가 이 전화를 받았다면 어땠을까?

전화 연결한 사람이 나도 아닌데 왜 엉뚱한 사람에게 화
풀이하느냐고 조목조목 따지며 싸우자고 들었을지도 모
르겠다. 예전에 삐죽삐죽 모난 성격의 나였다면 이젠 세
월이 흘러 모서리가 깎여지고 다듬어지며 둥글어져 가고
있는 건가?

어느 회사를 가든 어느 조직을 가든 신입이나 막내는
항상 있다. 업무 시간 안에 자기가 맡은 일도 다 해야 함
은 물론 청소에 복사에 커피 심부름까지 온갖 잡다한 일
도 모두 떠안아야 하는 그런 자리가 있다. 업무는 잘 몰라
서 버벅거리지. 시간은 없는데 해야 할 일은 넘쳐 나는 사
회 초년생 대부분이 겪는 그런 말단 자리가 말이다. 그 힘
든 인고의 시간을 참고 또 견디고 마지막까지 버텨 내서
고참이 되는 인간승리를 하든지, 아니면 그만두든지 둘
중 하나다.

요즘 일선 경찰서에서 112상황실에 불만 사항이 많다.
우리 업무가 아닌 112신고 전화를 걸러내 달라고. 일반

생활 민원들, 경찰 소관이 아닌 업무를 왜 접수해서 내려보내냐며 바로 전화를 걸어와 화를 내거나 언성을 높인다. 하루 1,000건의 전화가 온다면 500건은 자체 종결하거나 타 기관으로 이송하고 있는데, 정말 거르고 걸러서 접수해서 내려보낸 건데, 그래도 일선 경찰관들에게는 업무가 가중되는 것처럼 느껴지는 걸까? 갈수록 늘어만 가는 업무에 마음의 여유가 점점 더 없어져 간다. 그 마음의 여유 없음으로 인해 우리는 서로에게 화살을 쏘아 댄다.

* * *

오늘 하루도 빈틈없이 112신고 전화들로 꽉 채워진다. 비상벨 오작동 관련한 신고, 교통 불편 신고, 교통사고 신고, 변사자 신고, 분실물·습득물 관련 신고, 절도 신고 등 다양한 신고 전화들을 받다 보니 어느새 점심시간이다.

상황실은 점심시간에 사무실을 비워 둘 수가 없어서 전·후반 교대로 식사를 한다. 먼저 식사하러 가면 따뜻한 밥과 국, 푸짐한 반찬을 먹을 수 있다는 장점이, 하지만 뒤에 먹으러 올 사람들 때문에 입에 쓸어 넣다시피 빨리 식사를 해야 한다는 부담감에 여유롭게 식사를 즐길 수 없다는 단점이 있다. 후반부에 가면 식은 밥에 식은 국, 모자라는 반찬, 혹시 그날 메뉴 중에 맛있는 특식이라도 나오는 날이라면 구경도 못 해 본다. 하지만 뒤에 먹을 사람 생각할 필요 없이 느긋하게 먹을 수 있다는 장점이 있다는 거. 평소 밥을 늦게 먹는 편인 나는 후발대가 좋다.

오늘도 전반에 먼저 식사 간 선발대가 20분 만에 돌아왔다. 이분들은 음식은 제대로 씹고 삼키는 건지. 소화불량 걸릴까 봐 걱정이다. 김태평 경위님이 오늘 메뉴는 갈비탕, 특식이라며 얼른 가라고 하신다. 팀장님 포함 후발대, 우리 네 명은 갈비탕이 남아 있기를 기대하면서 식당으로 향한다. 식당으로 향하는 우린 사실 믿는 구석이 있다. 구내식당 아주머니께서는 우리 같은 교대 부서를 위해 항상 반찬들을 따로 조금씩 남겨 놓으신다. 괜히 번거롭게 안 그러서도 된다고 해도 '그래도 똑같은 밥값 내고 먹는데, 잘 먹어야지' 하시며, 따로 담아 둔 반찬을 주시거나, 정 반찬이 없으면 달걀후라이도 해 주시고, 어떨 때는 김도 한 봉지씩 올려 주시곤 하신다. 그러면 우리는 밥과 반찬을 듬뿍 뜨면서 '우리 식당 밥이 제일 맛있다고. 이젠 다른 데 음식은 맛이 없어서 못 먹는다'라며 엄지 척을 해 드린다. 그분들은 알까? 그 배려에 우리가 얼마나 가슴이 따뜻해지는지.

오늘 식당 메뉴는 갈비탕이다. 나는 국물 요리를 정말 좋아한다. 밥은 뭐니 뭐니 해도 뜨끈한 국밥 한 그릇이 최고지. 갈비탕 한 숟갈에 김치 하나 척 올려서 먹으면 얼마나 꿀맛인지. 식판을 들고 있는데 벌써부터 입안에 침이 난다. 줄 서 있는데 여기저기 시끌시끌하다. 아침에 뉴스 봤나 다리가 무너졌다던데. 어디라카드노. 사람은 안 다쳤다드나. 부실 공사였나 아니면 오래된 다리였나… 모르겠다. 며칠 안 있으면 다리 무너진 것도 경찰 탓이라고 뉴스에서 떠들낀데….

빈자리를 찾아 앉아 뜨거운 국물을 먼저 한술 뜨니 속이 확 더워진다.

"우와, 뜨뜻한 국물 들어가니까 몸이 덥다. 근데 넌 안 더워? 봄인데 겨울 동잠바를 아직 입고 있네?" 한상근 경위님이 잠바를 벗어 의자 뒤에 걸어 두시며 나보고 하시는 말씀이다. 그러고 보니 모두 춘추잠바를 입고 있구나.

"어라? 근데…. 너 얼굴색도 너무 창백해 보이는데? 아니 그냥 피부색이 노란 건가?"

"정말. 듣고 보니 피부색이 노르스름한데요. 간이 좀 안 좋으면 피부가 노랗게 변하잖아요?" 최미영 경장도 내 손 옆에 자기 손을 대보며 "이 손 색깔 좀 봐요. 혈색이라고는 없어 보이잖아요?" 잠바를 벗으며 심각한 표정으로 내 얼굴을 쳐다본다.

"에이, 술도 별로 안 마시는데 간은 무슨? 안 그래도 저 오늘 반가 냈잖아요. 오후에 병원 가요."

그제야 사람들의 관심이 좀 수그러든다. 다른 사람들은 전부 입고 있던 잠바는 의자 뒤에 걸쳐 놓고 땀을 흘리며 갈비탕 국물을 흡입한다.

그러네. 나 온도 조절 기능이 어떻게 됐나 보다. 이 봄날씨에 나만 아직 겨울 동잠바를 입고 있다. 뜨거운 국밥을 먹는데도 나는 왜 땀 한 방울 나지 않는 걸까? 그러고 보니 집에서도 아직 나 혼자 1인용 전기장판을 켜고 잔다. 가족들은 다들 덥다고 차렵이불로 바꿔 덮고 있는데 나만 아직 두꺼운 극세사 이불을 목까지 푹 덮고 잔다. 그런데도 춥다고 한다. 그러고 보니 뭔가가 이상하다. 그냥 추위를 좀 많이 타는 정도라고만 생각했는데.

서둘러 밥을 먹고 나서 팀장님께서 말씀을 꺼내신다.

"참, 이번 달 읽기로 했던 책 다들 읽었어요?《남아 있는 나날》맞죠?"

"네, 팀장님. 전 다 읽었어요. 영화도 봤는데요."

"와, 다 읽으셨어요? 대단한데요."

"저는 다 읽지는 못했어요. 한 3분의 2 정도 읽었어요."

"그럼 간단하게 읽은 데까지라도 한마디씩만 얘기해 볼까요?"

주위를 둘러보니 어느덧 텅 빈 식당에 우리만 남아 있다. 자판기에서 커피를 뽑아 들고 옆 휴게실로 자리를 옮겼다.

올해 1월 내가 처음 112상황실로 발령받아서 왔을 때 팀장님께서 한 달에 책 한 권씩 읽고 토론하자고 제안하셨다. 독서 모임 시간은 밥 먹고 나서 잠깐 티타임을 하든지, 야간 근무일은 1시간 일찍 와서 휴게실에서 토론해도 되니까 최대한 개인 시간 많이 안 뺏는 선에서 융통성 있게 해 보자고 하셨다. 정 힘들면 두 달에 한 권으로 줄여도 된다며 일단 해 보고 조금씩 수정해 나가자고 격려하시는 말씀에 우리 팀 중에서 네 사람은 독서 모임 팀이자 점심 식사 후발대 멤버가 되었다.

처음에는 일하랴 살림하랴 바쁜 내가 무슨 책을 읽을 시간이 있을까? 독서 토론이라니. 그런 건 시간 많은 사람이 하는 거로 생각했다. 매번 읽어 와야 할 책을 다 못 읽었다고 변명하기 일쑤일 텐데, 나도 참 무슨 바람이 불어서 덥석 하겠다고 했는지. 그랬던 내가 한 번도 빠짐없이 매달 꼬박꼬박 읽기로 약속한 책을 읽고 있다. 영화를 주제로 고르기도 하고 노벨상 받은 책도 골라 보고, 책을 읽고 와서 얘기를 나누다 보면 사람들이 제각각 정말 다양한 생각과 취향을 가지고 있구나 싶다. 어느새 이 독서 모임은 내 삶에 중요한 일부가 되었다.

팀장님이 먼저 책에 관한 질문을 던지신다. "이 책은 평생을 집사로 살아오던 주인공이 늘그막에 우연한 기회로 며칠간의 여행을 가게 되면서 겪은 일에 대한 건데요. 책을 다 읽은 분도 있고 일부만 읽은 분도 있으신 듯합니다. 제목이 《남아 있는 나날》이라고 되어 있는데, 혹시 제목이 왜 《남아 있는 나날》인지에 대해 생각해 보신 분이 있을까요?"

최미영 경장, 그녀는 항상 토론에 적극적이다. "팀장님. 저는 제목의 의미보다 영어 번역된 부분에 대해서 알아봤어요. 이 책 제목 말이에요. 영어로 하면《The Remains of the Day》거든요. 우리나라에서 책이 나오면서 책 제목을 남아 있는 나날이라고 번역했더라고요. 그런데 Remains라는 단어가 영어 의미로는 다른 여러 가지 뜻이 될 수도 있대요. 일본에서는《그날의 잔영》으로 출판되었고, 중국에서는《긴긴날의 남겨진 흔적》이라고 번역되었고요. 하여튼 여러 가지 의미로 해석될 수 있는 제목인 거 같아요."

팀장님이 바로 말을 이어받으신다. "와 대단하네요. 제목에 그런 비하인드 스토리가 있는 줄은 전혀 몰랐는데. 전 사실 몇 년 전에 읽었던 책인데. 그때는 남자 주인공 스티븐스 씨가 너무 답답한 사람이라고 느껴지더라고요. 그래서 상대편 여자 주인공 켄튼 양과 잘 헤어졌다고 생각했어요. 이런 남자하고 결혼하면 사는 내내 답답할 거라며. 엄청 화가 나서 씩씩거렸죠."

팀장님의 말에 나도 용기를 얻어 말해 본다. "저도 노벨상 받은 작품이라고 해서 엄청나게 기대하면서 읽었었거든요. 처음 읽었을 때 정말 고구마 열 개 먹은 느낌의 답답함이랄까. 너무 읽기 힘들더라고요. 저도 팀장님 말씀처럼 스티븐스 씨가 너무 답답하게 느껴졌거든요. 그 사람하고 말하려면 진짜 언어 번역기가 따로 있어야 한다는 생각이 들 정도더라고요. 아버지가 돌아가신 마당에 일을 계속해야 한다고 하질 않나, 사랑하는 여자한테도 자기감정을 제대로 표현하지 못하고 상처 주는 말만 쏘아 대는데 너무 화가 나더라고요.

그리고 주인공 스티븐스 씨는 신사가 아니고 집사잖아요. 집사로서의 프로페셔널을 강조하면서 자신은 위대한 집사가 되는 것을 목표로 하죠. 주인을 보좌하는 일종의 하인인 셈이잖아요. 그래 놓고 여행 중에 차가 고장이 나서 신세 지던 마을에서 마치 자기가 신사인 척하기도 하고요. 그런데 이번 독서 모임이 생각나서 어젯밤에 다시이 책을 읽었는데요. 이 책을 다시 읽으니까 뭐랄까 갑자기 울컥하면서 폭풍 눈물이 나더라고요.

인생을 살아가다 보면 누구나 스타가, 주인공이 되는 것은 아니잖아요. 연예인들을 보더라도 그렇잖아요. 예를 들면 아이돌 가수, 톱스타 같은 사람들요. 가수 아이유만 해도 스태프가 200명에 달한다고 해요. 매니저, 의상 담당, 헤어 담당, 소품 담당, 안무 담당 등의 수많은 사람이 모여서 가수 아이유 한 사람을 빛내기 위해 열심히 그들의 최선을 다하죠. 시계 부품처럼 그 모든 스태프가 제자리에서 자기 역할을 다 할 때 비로소 명품시계가 완성되고, 바로 스타 아이유가 탄생하는 거예요.

유명 스타가 아니어도 스태프 한 사람 한 사람은 모두 자기 인생에서의 주인공이라는 것을. 이 세상을 살아가는 모든 이름 없는 아무개들, 그들의 삶들이 모여서 같이 굴러가며 이 사회를 구성한다는 것을. 이 세상이 조화롭게 굴러간다는 것을. 저는 그렇게 느꼈어요. 그리고 마지막엔 이 주인공의 남아 있는 나날이 좀 행복했으면 좋겠다는 생각이 들었어요."

한상근 경위님은 3분의 2 정도만 읽었다고 했다. "전 다 못 읽어서 그런가 그렇게 감동은 못 받았는데. 다시 제대로 한번 읽어 봐야겠네요. 사실 전 좀 지루하고 심심하게 읽었어요. 처음부터 너무 늘어져 있다는 생각이 들어서 지루해서 진도가 잘 안 나가서요. 물론 노벨문학상까지 받고 훌륭한 작가라는 것도 잘 알겠는데, 이 책에서 묘한 거부감이 느껴지더라고요.

혹시 작가에 대해서 아세요? 작가인 영국계 일본인 가즈오 이시구로 씨는 2차 세계대전 후 일본, 그러니까 아마 우리나라의 일제강점기 시기 이후에 아버지를 따라 영국으로 건너가서 살았다고 하더라고요. 그런데 이 책에서 남자 주인공의 이름이 스티븐스잖아요.

그런데 이거 아세요? 과거 우리나라가 일제강점기에 있을 당시 일본에서는 재정 고문은 메가타, 외교 고문으로는 스티븐스라는 사람을 우리나라에 파견했었어요. 외교 고문이었던 스티븐스는 세계 각국에 대한민국이라는 나라는 스스로 나라를 이끌어 갈 능력이 없기에 일본의 식민지가 되는 것을 당연하다며 떠들어 댔던 사람이거든요. 스티븐스는 미국 샌프란시스코에 갔을 때 우리나라 독립운동가의 총격에 쓰러졌고요. 그런 사람의 이름을 왜 소설의 주인공으로 썼을까요? 일부러 의도한 것일까요? 아니면 제 상상력이 너무 오버한 걸까요?"

팀장님은 엄지 척을 하며, 마무리 말씀을 지어 주신다. "이 책을 이렇게도 다른 관점에서 볼 수 있네요. 독서 모임을 하면서 느낀 건데 여러분들 생각들이 정말 다양한 것 같습니다. 저도 여러분들과 이야기를 나누면서 많이 배워 갑니다. 참, 이 소설은 영화로도 나와 있더라고요. 시간 되시면 한번 보셔도 좋을 겁니다."

독서 모임을 통해 책을 읽으면서, 영화를 보면서, 또 다른 사람들과 이야기를 나누면서 내 생각이 확장되고 변화

되는 것이 느껴진다. 적극적으로 독서 모임을 주선하셨던 팀장님, 무엇이든 호기심 많고 배우기 좋아하는 열정 부자인 최미영 경장, 역사에 통달한 한상근 경위, 그들과 이야기하다 보면 넘쳐 나는 박식함에 항상 배워 가는 게 더 많다. 책에 관해 얘기하다 보니 어느새 점심시간이 끝나간다.

* * *

사무실에 복귀하여 몇 건의 신고 전화를 더 받는다.

"네, 112긴급신고입니다."

태화강 국가 정원 잔디밭에 어르신 6~7명 모여 있으니 단속해 달라는 내용이다. 신고자에게 정부 민원 안내 콜센터인 110으로 연결해 드리겠다고 설명했다. 최근 사회적 거리 두기 2단계 시행에 따라 코로나 방역수칙 위반 신고가 늘어나는 추세다. 울산은 코로나 19 안전지대라고 생각했었는데, 안전안내 문자에 보니 요양병원, 종교시설 등 확진자가 발생했다는 문자 알림 횟수가 심상치 않다. 코로나 신고가 많은 건 그 때문인 걸까.

얼마 전 뉴스에서 어떤 민원인이 집합금지위반 신고를 위해 경찰서에 전화했더니 정부 민원안내 콜센터인 110으로 연결해 주고, 110에서는 시청에 물어보라고 해서 전화했더니 구청으로 안내하고, 중구청에서는 인력 부족으로 출동이 힘들다고 했다는 불평을 들은 적이 있다. 타 기관과의 업무 갈등에서 경찰이 왜 항상 마지막 종착역이 되는 걸까?

우리나라는 〈감염병의 예방 및 관리에 관한 법률〉을 제정하여 국민 건강에 위해가 되는 감염병의 발생과 유행을 방지하고 그 예방 및 관리를 위해 필요한 사항을 규정하고 있다. 코로나 19에 대해서도 〈감염병의 예방 및 관리에 관한 법률〉에 따라 감염병 발생 시 감염병 관리 시설의 설치나 관리, 역학조사, 격리 시설 지정, 예방접종, 소독 및 방역 조치 등 업무상 행정명령권자는 지방자치단체장, 즉 시장, 군수, 구청장이라고 분명히 명시되어 있다. 하지만 이런 사건이 터지면 언론은 담당 주무 기관인 지자체가 아니라 경찰을 비난한다. 도대체 왜?

보건복지부와 경찰과의 업무 갈등도 마찬가지다. 2015년 6월 메르스(중동호흡기증후군)가 발생하고 한 달 만에 〈감염병예방법〉이 새로 개정되었다. 새로 추가된 조항은 '60조 4항 감염병 발생지역을 관할하는 〈경찰법〉 제2조에 따른 경찰관서 및 〈소방기본법〉 제3조에 따른 소방관서의 장, 〈지역보건법〉 제10조에 따른 보건소의 장 등 관계 공무원 및 그 지역 내의 법인·단체·개인은 정당한 사유가 없으면 제3항에 따른 방역관의 조치에 협조하여야 한다'는 내용이다.

메르스 발생한 지 한 달 만인 7월 6일, 그 이전에는 경찰이란 단어는 한 글자도 없었던 감염병 관련 법률에 새로운 법 조항을 만들어 경찰이라는 단어를 슬쩍 끼워 넣었다. 의학지식도 없고 의료장비도 없고 의료전문인도 아닌 의학 관련 교육을 받은 적도 없는 경찰한테 갑자기 감염병 현장에 출동하라고 법부터 개정한 것이다. 이런 식으로 경찰에 은근슬쩍 책임을 전가해 놓는다. 아무 기초지식도 없는 상태에서 경찰에 대해 보호장구 보급이나 그 외 어떤 의료지원도 없는 상태에서, 메르스가 발생하고 한 달 만에 법을 개정해 놓다니. 법을 개정하는 것이 우리나라에서는 이렇게 쉬운 일이었나?

위 법률을 보면 보건복지부 장관이 각 행정부처, 특별시장, 광역시장, 시·도지사 등과 정신 질환자의 예방, 상담, 조기발견, 재활, 전문인력, 시설관리 등에 대하여 수십 페이지에 걸쳐 법 조항이 나열되어 있다. 위법 44조에는 위험한 행동을 한 정신 질환자의 입원 및 보호에 관해 정신의학과 전문의, 정신건강 전문 요원, 특별시장, 광역시장, 시·도지사, 시장, 군수, 구청장, 경찰 등이 할 수 있다고 규정한다. 경찰만 할 수 있는 게 아니고 경찰도 할 수 있다는 내용이다. 〈정신건강복지법〉의 주된 부처는 보건복지부인데 말이다. 이 개정된 조항은 과연 경찰을 위한 것일까? 은근슬쩍 책임 전가하려는 게 아니라고? 더 웃기는 건 상황이 그런데도 경찰지휘부는 가만히 있는다는 거다.

경찰은 정신 질환자를 관리·수용·입원 등을 책임지는 병원이 아니다. 하지만 언제부터인지 정신 질환자와 관련한 사건이 터지면 모든 비난과 책임의 화살은 경찰에게 향해 있다. 어이가 없다. 그러면 한번 따져 보자. 전국에 있는 정신병원이 경찰의 지휘와 명령을 받는가? 그런 정신병원을 경찰에서 관리하는가? 천만에. 대도시 외에는 야간 응급 입원이 가능한 병원이 있는 도시는 몇 군데 되지 않을뿐더러, 대부분의 정신병원은 경찰이 정신 질환자를 데려가면 "병실이 없다."라며 거부하기 일쑤다.

수십 장에 달하는 법 조항들 끝부분에 경찰이라는 단어

를 슬쩍 끼워 넣고는 마치 이 모든 게 경찰 업무인 양 뒷짐을 진다. 경찰이 업무 수행 중 불합리한 사항이나 고쳐야 할 부분을 건의하면 제대로 시정하지도 않고 업무를 할 수 있는 권한도 주지 않으면서 말이다. 정작 주무 기관은 보건복지부인데 문제가 발생하면 언론은 경찰한테 비난의 화살을 돌린다.

경찰과 업무상 갈등이 벌어지는 상황은 법무부와도 마찬가지다. 재범 우려가 있는 성범죄자들에게 전자발찌를 채워 관리하는 주체는 법무부다. 하지만 전자발찌를 끊고 성범죄나 살인사건이 발생하면 어떤가? 전자발찌 착용자의 보호관찰과 관리 감독의 주체는 분명히 법무부임에도 언론은 경찰부터 비난하고 본다. 경찰은 수사 공조 요청에 응할 뿐 실제 업무를 위한 어떤 권한도 경찰한테는 없는데, 왜 여론은 경찰에 책임을 돌리고 비난하는 거지? 왜? 국민이 무식해서? 그건 아니다. 그럼 대체 어디서부터 뭐가 잘못된 거지?

범죄 신고 112, 재난·구급 신고 119, 가정폭력 여성 긴급전화 1366, 감염병 신고 및 질병 정보 안내(질병 관리청) 1339, 부정 불량식품 신고 1399, 가스 사고 신고(한국가스안전공사) 1544-4500, 수도 고장 신고(지역별 상수도 사업본부) 121, 인권침해 상담(국가인권위원회) 1331, 다문화 가족지원(외국인 종합 안내센터) 1345, 고용 근로 상담 신고(고용노동부) 1350 등등 신고 전화번호는 수십 개에 이른다. 이런 일반 생활 신고 상황이 발생하면 처리하는 주무 기관들이 따로 있음에도 불구하고 시민들 대부분은 112를 누른다. 황산이 누출되어도 112, 정신 질환자가 발생해도 112, 자살 의심자가 있어도 112, 설 연휴에 차가 막혀도 112, 유기 동물이 있어도 112를 누른다. 112 전화는 위급 중대한 범죄 신고번호라고 아무리 강조해도, 온갖 잡다한 생활 민원 전화가 끊이지 않는다.

경찰과 타 기관과의 업무상 갈등이 왜 계속 불거지는지 곰곰이 생각해 본다. 왜 시민들은 그 많은 신고 전화번호들 중에서 유독 112 번호를 기억하고 누르는 걸까? 경찰이 익숙하고 편하고 가깝게 느껴져서? 하지만 편하고 친숙하게 느껴진다고 해서 만만하게 생각하고 함부로 대해도 된다는 뜻은 아닐 텐데.

상관없어 보이는 우연들이 모여서 사건이 된다. 우연히 시민들이 경찰을 편하고 친근하게 느껴서 웬만한 일이 발생하면 112를 누른다. 우연히 경찰지휘부는 시민에게 다가가는 친근한 경찰 이미지를 구축하기 위해 많은 정책을 시행했는데 그 결실이 드디어 나타난 거라며 좋아한다. 우연히 경찰지휘부는 앞으로는 다른 모든 업무도 우리 경찰이 다 맡아서 할 테니 국민들께서는 무엇이든 믿고 맡겨 달라고 총대를 멘다. 우연들이 모여서 이런 말도 안 되는 결과가 나온 건 아닐까?

* * *

〈백종원의 골목식당〉을 보면 장사가 잘되는 집 안되는 집이 확실히 나눠진다. 장사 잘되는 식당을 관찰해 보면 그 집에서 제일 자신 있고 맛있는 메뉴 한두 개만 있다. 밥때가 되면 역시 손님도 바글바글하고 반찬 그릇도 보면 남긴 거 없이 싹싹 다 비워져 있다. 장사 안되는 식당은 손님도 없으면서 메뉴는 열 개 스무 개씩 한쪽 벽면의 메뉴판을 가득 채우고 있다. 백종원은 장사가 안되는 가게를 방문해 원인을 분석하고 파격적인 해결 방법들을 제안한다. 자기만의 노하우를 전수하기도 한다. 메뉴가 너무 많은 집은 메뉴를 대폭 줄여라. 아니면 다른 종목으로 아예 바꾸라는 뼈 때리는 조언도 서슴지 않고 한다.

물론 식당 주인들도 오랜 경력이 있고 자기들이 장사해 온 고집이 있는데, 고분고분하게 백종원 대표의 솔루션을 따르는 사람은 없다. 식당 주인의 반발에 부딪히면 백종원 대표는 그들을 설득도 해 보고, 가상 상황을 만들어 장사해 보게 하기도 하고, 끊임없이 그들과 소통하며 해결점을 찾아가려고 노력한다. 사람은 쉽게 안 바뀌는 법이다. 그런데 성공이라는 결과를 위해 그들은 뼈를 깎는 노력으로 하나부터 열까지 바꾸고 다듬어 간다. 성공하는 집도 있고 포기하는 집도 있다. 하지만 성공의 열매는 달다. 전국에서 찾아와 줄 서는 손님들로 문전성시를 이루며 맛집으로 공식 인정된다.

나는 우리 경찰 업무를 〈백종원의 골목식당〉에 빗대어 생각해 본다. 경찰 본연의 업무가 무엇인가? 치안이다. 살인범 빨리 잡고, 도둑놈 잘 잡고, 국민이 불안에 떨지 않도록 하나에만 힘쓰면 된다. 이름난 맛집, 전문점처럼 잘하는 거 하나만 해야 한다. 본인이 제일 잘하는 거 한 가지만 제대로 뚝심 있게 몇십 년을 해도 그 분야에서 인정받기 힘들다.

경찰지휘부는 제대로 된 교육이나 업무 지원도 안 해주면서 타 기관의 업무를 이것저것 다 떠맡아서는 책임지겠다고 한다. 언론에 무슨 사고라도 이슈화되면 이리 휘둘리고 저리 휘둘린다. 인원도 제대로 못 받아 오고, 예산도 제대로 못 받으면서, 책임질 일만 잔뜩 받아 오니 말이다. 본인이 책임지는 것도 아니고 고스란히 현장 경찰관들의 책임으로 돌아가는 것을 말이다. 뉴스에 보도된 사고들 때문에 하나둘씩 업무가 늘어나면서 그에 따라 현장 출동 경찰관 한 사람이 다루어야 할 업무의 부담들이 얼마나 많이 늘어나고 있는지 경찰지휘부는 모르는 걸까? 이대로는 안 된다. 〈백종원의 골목식당〉에서처럼 경찰 업무 발전을 위한 제대로 된 솔루션이 필요하다.

책임의 부여한다는 것에 대해 고민해 본다. 일반적으로 어떤 업무를 함에 있어 그 사람에게 어느 정도의 책임을 부여하면 인정받기 위해 더 열심히 최선을 다하려 노력한다. 하지만 그의 능력치를 훨씬 초과하는 책임을 지운다면 과부하가 되지 않을까? 감당할 수도 없는 너무 큰 책임에 짓눌린다면 오히려 그는 모두 포기해 버리고 싶은 마음이 들지 않을까?

세상을 살면서 일어나는 각종 사고들이 모두 국가 탓이

고 경찰 탓이라고? 그럼 경찰=국가인가? 왜 경찰이 모두 책임져야 하고 비난받아야 하지? 나는 우리 사회에서 일어나는 모든 일들을 경찰이 다 책임질 수는 없다고 생각한다. 그런 과도한 책임이 부과되는 언론 보도들로 인해 일선 경찰들은 모두 번아웃 상태가 된다.

"리더가 명품이면 조직도 명품이다."라는 광고 문구를 들은 기억이 있다. 경찰에 대한 비난으로 시끌시끌한 요즘 이 문구가 더 가슴에 와닿는다. 경찰의 리더가 명품이었으면 우리 경찰 조직이 이렇게까지 되었을까를 고민하게 하는 문구였다. 훌륭한 리더십으로 우리 경찰 조직을 제대로 이끌어 줄 지휘부가 절실하다.

* * *

경찰이 되기 전에는 그냥 경찰 제복이 멋있게만 보였다. 하지만 막상 경찰관이 되어 그 속으로 들어와 보니 내가 생각했던 것과 많은 부분이 달랐다. 경찰관이 되면 좋을 줄 알았는데 막상 경찰이 되고 보니 사표 쓰는 분도 많고, 자살하는 분도 많다. 자랑스런 경찰관이 되어 본인의 꿈을 이루었는데, 도대체 왜?

얼마 전 경찰을 소재로 한 〈라이브〉라는 드라마를 보다가 '경찰로또'라는 대사가 나오는 것을 우연히 들었다. 드라마 소재가 된 그 사건은 실화를 바탕으로 한 것이다. 경찰 현장 활력소 게시판에 올라온 그 사례는 해당 지구대에서 근무하는 지구대장님이 직접 올린 글이었다.

술집에서 술에 취한 사람이 행패를 부린다는 신고를 받고 현장에 경찰관이 출동했다. 영업방해로 현행범 체포된 피의자가 지구대 안에서까지 계속 난동을 피우며 경찰관을 폭행하려고 달려들었는데, 경찰관이 이를 피하려다 밀쳤다고 한다. 중심을 잡지 못한 피의자는 바닥에 넘어졌고, 그 후 경찰관을 독직폭행 상해로 고소한 것이다. 순식간에 피의자는 피해자로 둔갑해 버렸다.

지구대장님은 사건의 억울함 때문이기도 했지만, 돈이 필요해서 이 글을 올렸다고 했다. 형사합의금, 치료비, 변호사 선임비, 민사소송까지 다 하면 1억이 넘는 금액이 필요하다는데, 이제 막 경찰 생활을 시작한 순경에게 그런 큰돈이 있을 리 만무하다. 집도 넉넉하지 않은 형편에 형사합의금도 대출한도를 넘는 금액이란다. 게시판에 이런 글을 써서 정말 미안하지만, 생면부지의 경찰관에게 성금을 보내 주시기를 간곡하게 부탁한다는 글을 보고, 동료라는 이름 하나로 똘똘 뭉쳐 전국의 경찰관들이 돈을 보내기 시작했다. 그들의 월급도 많은 건 아닐 텐데 따뜻한 마음 한 자락을 내어 힘을 모아 합의금을 모았다.

모금운동을 하는 것이 미덕이라고? 전국의 경찰관들이 만 원, 이만 원씩 모금해서 그 합의금을 모았다는 사실을 두고, 사람들의 마음이 아직 따뜻하다며 미덕으로 생각하라는 건가? 아니다. 나는 너무 가슴이 아프다. 화가 치민다. 어째서 이 사건이 경찰관만의 잘못으로 재판을 받아야 했던 거지? 판사는 왜 이런 판결을 내렸던 걸까? 도대체 경찰의 인권은 어디 있는 거지? 이런 일들이 발생할 때까지 경찰지휘부는 뭘 하고 있었던 건가?

비단 이 사건뿐만이 아니다. 음주운전으로 도주하던 차량을 뒤쫓다가 음주 운전자의 과실로 사망사고가 났는데 경찰관에게 책임을 묻고, 절도범이 오토바이를 타고 도주하다가 사망을 해도 경찰관에게 민사소송이 들어온다. 업무상 일어난 사고에도 경찰관에게 배상책임을 무는 어이없는 사법 현실. 도주하는 범인도 사망하지 않도록 조심해서 추격하라는 판례가 있는 나라가 바로 대한민국이다.

이젠 하다 하다 범죄자를 체포할 때 몸에 상처 하나 입히지 말고 수갑을 채우라고 요구한다. 도대체 어떤 범인이 잡히고 나서 두 손 얌전히 내밀며 "수갑 채워 주세요."라고 하겠는가? 경찰이 범죄자에게 총이라도 쏜다면 그 경찰관은 감찰 조사 감이다. 범죄자의 인권이 조금이라도 침해되기라도 하면 소송에 휘말리기 일쑤다. 피해자의 인권보다 범죄자의 인권을 중요시하는 나라가 우리나라다. 시민이 도움이 필요해서 경찰관을 요청했고, 경찰관은 업무상 행위를 했을 뿐인데, 왜 경찰관 개인이 그 모든 책임을 다 져야 하는 거지? 그렇다면 누가 112신고를 받고 현장 출동을 나가고 싶겠는가? 외면하고 싶지.

병원에서 수술을 받아야 하는 상황을 예를 들어 보자. 병원에서는 수술이 잘못되어도 의사에게 책임을 묻지 않겠다는 수술 동의서에 사인하라고 환자에게 요구한다. 환자가 필요해서 병원을 찾았고, 필요한 설명을 듣고 위험부담을 용인할지를 판단하고 수술할지 말지를 결정한다. 설명을 듣고 의사의 의료 행위를 용인한다고 환자나 보호자가 수술 동의서에 사인함으로써 의사의 책임은 없어지는 것이다.

그렇다면 경찰 출동도 마찬가지 아닌가? 경찰의 도움

이 필요해서 신고했고, 출동 경찰관이 현장에서 필요한 업무상 행위를 했다면 그에 따른 부담도 용인되어야 하는 것이 아닌가? 불난 집에 소방관이 출동했는데 불을 끄는 과정에서 물건을 파손했다고 소방관 개인에게 재산 피해 보상을 요구하는가? 불난 집에서 끝까지 인명을 구조해 내야지 왜 사람들을 더 못 구해 냈느냐고 소송을 하는가? 신고를 받고 출동한 현장에서 경찰관이 할 수 있는 최선의 행동을 했을 거라고 믿어야 하는 것은 당연한 게 아닌가? 의사가 최선을 다해 수술에 임했을 거라고 믿었듯이 말이다.

만약 일반 회사든 다른 기관에서 직원이 업무상 일을 하다가 손해가 발생하면 그 개인에게 모든 책임을 지울까? 예를 들어 연금공단에서 자금 운용을 잘못해서 손해를 끼치면 개인한테 그 돈을 다 물어내라고 하는가? 출동해서 경찰관이 한 행위는 업무상 행위이다. 정당한 업무상의 과정이었다면 경찰관 개인에게 모든 책임을 지울 것이 아니라 국가가 같이 책임을 져야 하지 않을까?

난 이 사례를 보며 '착한 사마리아인 법'을 떠올렸다. 강도를 당해 길에 쓰러진 유대인을 보고 제사장과 다른 사람은 지나쳤으나 유대인과 적대관계인 사마리아인이 구해 주었다는 성경 이야기에서 유래한 명칭이다. 이 법은 자신이나 제3자가 위험해지지 않는데도 위험에 빠진 사람을 구조하지 않는 사람을 처벌하겠다는 내용의 법이다. 곤경에 처한 사람을 외면해서는 안 된다는 도덕적 문제를 법으로 제정해서 강제하겠다는 뜻이다.

2016년쯤인가 택시기사가 심장마비로 쓰러졌는데 승객은 골프채를 챙겨서 공항으로 떠나 버린 사건이 있었다. 택시기사는 결국 사망했고 그 뉴스 기사가 났을 때 전국이 비난 여론으로 시끌시끌했었다. 당시 '착한 사마리아인 법'의 제정에 대해 찬성·반대에 관한 토론이 많이 이루어졌었고, 세계 각국에서는 어떻게 하고 있는지 실태도 많이 보도되었던 기억이 난다.

처음 택시기사 관련 뉴스를 접했을 그 당시엔 나도 다

른 시민들처럼 분노하던 입장이었다. 하지만 이제 와선 찬성, 반대 관점에서 토론하기보다는 다른 관점에서 생각이 들었다. 물에 빠진 사람 건져 줬더니 보따리 내놓으라고 하는 경우를 낭해 보았는가? 구조행위를 하다가 기해자로 몰려 법적 소송에 휘말리는 일을 당해 보았는가? 아마 그런 뒤통수 맞는 경험이 있는 사람이라면 두 번 다시 남을 돕고 싶은 마음이 들지 않을 거 같다. 의로운 시민들이 넘쳐 나던 사회, 서로 간에 정이 넘치던 우리나라에서 의로운 시민은 점점 사라지게 되는 거다. 아무도 끼어들고 싶어 하지 않는 남의 일, 못 본 척 외면하고 싶은 남의 일에 발 벗고 나서서 도와주는 마지막 한 사람은 경찰 아니면 소방밖엔 안 남게 되는 거다.

만약 야간에 예측불허의 돌발 상황에 도움 청할 곳 하나 없을 때, 그래도 손 내밀 곳이 경찰이라고 한 군데 있으면 고맙고 든든하지 않나? 나라면 그렇게 도와달라고 할 곳이 있으면 마음 놓일 거 같은데. 잘한 건 잘했다고 하고, 못한 건 못했다고 하면 될 텐데 언론에서는 경찰을 비난하기 바쁘다. 정의감 하나로, 사명감 하나로 경찰관에게 현장에 출동하라고 등을 떠미는 현실이 암담하다. 경찰관이라는 자부심보다는 자괴감에 빠지는 현실이다.

사람들은 타인의 고통에 무관심해지고, 냉정하고 개인화되고 있다. 점점 더 남의 일에 개입하려 하거나 끼어들지 않으려 한다. 하지만 경찰은 이미 법적으로 의무적으로 출동하라고 남을 도우라고 강제돼 있다. 난 경찰이 이 사마리아인과 비슷하다는 생각이 들었다. '착한 사마리아인 법'이 제정된 나라처럼 싫든 좋든 강제든 의무든 경찰이 출동해서 누군가의 도움 요청에 응해 주고 있다면, 적어도 경찰에게 책임을 지우지는 말아야 하지 않을까? 적어도 최소한 우리나라에서 '경찰로또'라는 말은 없어져야 하지 않을까? '각자 도생'하시라는 말에 더 공감하게 되는 요즘이다.

국민 친화적인 경찰, 서비스 경찰, 친절한 경찰을 강조해서 지금 국민은 경찰에 얼마나 만족했을까? 만약 국민이 만족했다면 반대로 경찰관은 만족했을까? 한쪽은 만족했는데 다른 한쪽은 만족 못 했다면 그건 실패다. 어느 한쪽의 일방적 희생으로 그런 결과가 나왔을 테니까. 부부 사이도 마찬가지다. 한쪽의 일방적인 희생만 강요한다면 불행한 결혼생활일 것이다. 부부가 끊임없는 대화와 소통으로 합의점을 찾아 서로 한발씩 양보하며 행복한 결혼생활을 할 수 있도록 같이 노력해 가야 한다. 멈추어서서 무엇이 문제인지 제대로 들여다보아야 한다. 그리고 문제의 원인을 찾고 해결해야 한다.

싸이의 〈강남스타일〉이 전 세계를 강타했다는 소식, BTS가 전 세계 무대를 종횡무진 누비며 활약한다는 기사, 한류 드라마, 한국 음식이 해외에서 히트 중이라는 뉴스에 누구보다 열광하고 대한민국 국민인 것을 자랑스러워한다. 대한민국 국기만 봐도 가슴에 뜨거운 것이 올라오는 나도 대한민국의 국민의 한 사람이다.

하지만 누군가가 나에게 직업이 무엇이냐고 물으면 그

냥 공무원이라며 소심하게 말꼬리를 흐린다. 언제부터 대한민국은 경찰관이라는 직업을 떳떳하게 말하지 못하는 그런 나라가 되었을까? 난 정의감에 불타는 영웅이 되고 싶지도 않고, 슈퍼히어로가 될 생각도 없다. 그냥 직업이 경찰관인 것이다. 내게 주어진 일을 열심히 하는 평범한 일반 시민의 한 사람일 뿐이다. 우리나라에서 경찰이라는 직업을 자랑스럽게 말할 수 있는 그런 날이 올 수 있을까? 모두가 행복해지는 그런 길을 과연 찾을 수 있을까?

* * *

드디어 오후 2시다. 팀장님과 다른 직원들에게 먼저 퇴근하겠다는 인사를 한 뒤, 탈의실로 가서 옷을 갈아입고 나온다. 엘리베이터를 타려고 기다리는데 우연히 복도에서 행정관 노은주 씨를 만났다.

"안녕하세요? 정말 오랜만이에요."

"그러네요. 같은 건물에서 일하는데도 진짜 얼굴 보기 힘드네요. 근데 어니 가세요? 맨날 근무복이더니 웬일로 사복이에요?"

"아, 네. 저 오늘 반가 냈어요. 볼일이 좀 있어서. 지금 퇴근하는 길이에요."

"근데, 반장님, 아무리 일한다, 애 키운다 바빠도 그렇지 좀 꾸미고 살아요. 조금만 꾸미면 이쁠 거 같은데. 화장도 좀 하고, 머리 파마도 좀 새로 해요."

"아침에 비비크림은 발랐었는데. 오후라 다 지워졌나 봐요. 어, 엘리베이터 왔다. 그럼 저 먼저 갈게요." 마침 엘리베이터 문이 열린다. 나는 서둘러 자리를 뜬다.

마음속에서 뭔가가 따끔거린다. 내 마음속에는 고슴도치가 살고 있나 보다. 짧은 만남에서 폭풍 외모 지적을 당하고 보니 순간 멍하다. 그녀는 알까? '일하면서도 멋지게 잘하고 사는 워킹맘도 많던데. 예쁘게 좀 꾸미고 다녀라.

파마가 풀렸는데 머리 좀 해라.'라는 식의 핀잔을 수시로 하는 그녀 때문에 내가 오랫동안 말도 못 하고 혼자 상처 받고 끙끙 앓았다는 것을. 처음 친해졌을 땐 고민 상담도 하고, 이런저런 넋두리도 하고 그랬던 사이였는데, 언제부턴가 그녀는 나에게 외모 지적을 한다. 나는 이제 그녀와의 잠시의 스침도 불편하다.

서둘러 엘리베이터에 타니 거울에 비친 내 모습이 보인다. 검정 재킷, 흰 티에 청바지…. 그냥 평범한 옷차림인데, 내 외모가 그렇게 못 봐 줄 정도인가? 거울에 비친 나를 자세히 살펴본다. 하나로 모아 묶은 검정 머리. 몇 가닥 흘러내린 앞머리. 비비크림이 다 지워졌는지 핏기 없이 창백한 누런 피부. 눈 아래까지 시커멓게 내려와 있는 다크서클이 눈에 들어온다. 마스크로 얼굴 반을 가려서 잘 보이지도 않지만. 그러네. 나 오늘 이뻐 보이지는 않네. 관자놀이 양옆으로 부쩍 늘어난 흰머리가 눈에 띈다. 뿌리 염색을 해야겠네. 갑작스레 급 우울해진다.

☾

주차장에 도착해 차에 타지만 시동을 걸기가 싫다. 갑자기 왜 이럴까. 침착하려고 해도 편안한 마음을 가지려해 봐도 마인드 컨트롤이 안 된다. 심호흡하고 마음을 진정시켜 본다. 화가 나기도 하고 슬프기도 히고 복잡한 마음에 잠깐 휴대전화를 든다. 네이버 블로그를 열고 글을 쓴다. 머릿속에 떠다니는 생각들을 가닥가닥 끌어모아 글로 남겨 본다.

거북이

나는 거북이다.
등껍질 속으로 움츠려 들어가는 거북이.
사람들을 향해 철벽 치는 상처투성이 거북이
시커먼 어둠이 날 집어삼킨다.

하지만 이제 나는 달라져야겠다.
고난과 고통을 피할 수 없다면
그런 것들이 이 세상에 존재할 수밖에 없다면

난 싸워야 하겠지

흉터는 남을지라도
상처는 아물기 마련이고
새살은 돋아나기 마련일지니
당신의 인정 따위 없어도

난 나의 삶을 통해 더 단단해질 테니
어떤 칼로도 어떤 창으로도 뚫을 수 없는
마음의 갑옷을 입고
더는 상처받지 않기 위해 거북이가 되려 한다.

거북이의 단단한 등껍질처럼
난 거듭나려 한다.

　블로그에 글을 쏟아 내며 수없이 썼다 지웠다 한다. 점점 차분해지는 나를 느낀다. 평정심을 찾은 내 모습으로 돌아온다. 요즘 새로 찾은 스트레스 해소법인데 블로그에 한바탕 맘속에 있는 말을 왕창 쏟아 내면 좀 시원해지는 듯하다. 블로그에 이렇게 글을 쓰면 장점이 너무 많다. 대부분 뒷담화가 주를 이루긴 하는데 어차피 나만 보는 비밀 일기장 같은 거니까 내 감정에 솔직하게 쓸 수 있다. 그리고 언제 어디서든 꺼내서 몇 자 톡톡 쓰면 되니 즉시성과 휴대성이 좋다는 게 제일 장점이라는 거.

* * *

상처난 마음을 툭툭 털고 주차장에서 차를 몰고 나오며 남편에게 전화를 걸어 본다.

"여보, 일어났어? 잠은 좀 잔 거야? 식사는? 응. 나 지금 퇴근하는 길이야. 15분 후쯤 도착할 거야. 바로 출발하자."

집까지 차를 운전해 오면서, 오늘 받았던 이런저런 112

신고 전화들을 복기해 본다. 112신고 전화를 받으며 실수가 있진 않았는지, 법 조항에 맞게 했는지, 코드 지령은 적절했는지…. 치매 노인 전화는 어땠는지. 살인사건 전화는…. 절도 신고 전화는…. 교통사고 신고 접수는…. 부서 통보는 했는지. 미흡한 처리는 없었는지 하나하나 차근차근 기억을 더듬어 본다.

집에 도착해 보니 남편이 병원에 같이 가려고 기다리고 있다. 예약 시간이 4시니까 조금 여유가 있을 듯하다. 지난주 대학병원에 입원해서 MRI 찍은 거랑 혈액 검사, 눈 검사 등등을 했는데 오늘 검진 결과를 들으러 가는 길이다. 나는 덤덤하게 아무렇지 않은데, 남편이 더 불안하고 초조해하는 듯하다. 내 손을 자꾸만 꼭 잡는다.

라디오에서는 내가 즐겨 듣는 〈컬투쇼〉가 흘러나오고 있다. 무작위로 청취자들한테 전화를 걸어 MC가 노래한 소절을 부르면 전화를 받은 사람이 그다음 소절을 부르는 식이다. 따르릉 벨 소리가 울리자 "여보세요." 하고 굵직한 목소리의 남자가 전화를 받는다.

갑자기 여자 MC가 "메칸더 메칸더 메칸더 V~~" 하고 음을 잡았다. 잠시 침묵이 흐른 뒤 그 남자는 "랄리랄라 랄라랄라 공격 개시~~" 하고 다음 구절을 받아서 노래를 부른다. 딩동댕 성공의 실로폰 소리. "축하합니다. 성공하셨습니다."라고 말하는 김태균 님의 목소리가 흘러나온다. 하하하, 너무 웃음이 났다.

바로 다음 전화가 시도되었다. 따르릉 따르릉 벨 소리가 서너 번 더 울린 뒤 "여보세요." 하는 약간 피곤한 듯한 남자 목소리가 들렸다. 약간의 틈도 주지 않고 바로 여자 MC가 "엄마가 섬 그늘에~~~" 하고 음을 잡았다가 뚝 멈췄다. 1~2초가 흘렀을까 남자 쪽에서는 조용하다. 계속된 침묵에 다시 여자 MC가 "엄마가 섬 그늘에~~" 하고 한 번 더 노래를 불러 주었다. 갑자기 남자는 "죄송합니다." 하더니 전화를 끊는다. "어머, 말도 안 돼. 설마. 저 노래를 모른다고?" 남편과 나는 안타까워했다.

김태균 님은 "아하, 이분께서 당황하셨나 봐요. 그럼요. 갑자기 생각이 안 날 수도 있죠? 자, 힌트 갑니다. 이 노래는 우리나라 최초의 워킹맘의 비애를 그린 노래죠?" 하며 노련하게 다음 순서로 진행한다.

  푸하핫… 남편과 나는 동시에 웃음이 터져 나왔다.

  "〈섬집아기〉가 우리나라 최초의 워킹맘의 비애를 그린 거였어?"

  "맞네. 그러네. 워킹맘을 노래한 거네. 난 왜 그런 생각을 한 번도 못 해 봤지?"라면서 한참을 웃었다.

  라디오에선 다시 '따르릉 따르릉' 전화벨 소리가 들린다. "여보세요." 다음 번 전화를 받은 분은 앳된 목소리의 여자분이다. 여자 MC가 갑자기 "엄마가 섬 그늘에~" 하고 부르다가 뚝 그친다. 다행히 여자분이 "굴 따러 가면 아기가 혼자 남아 집을 보다가~"라고 바로 따라 부른다. 어머머 그런데 이게 누구야. 옆에서 여자애기가 따라서 같이 부르는 거다. 너무나 귀여운 목소리로. 라디오 MC들은 선물 하나 더 줘야 한다며 난리다.

남편은 불쑥 물어본다. "참, 어제 학교에 애들 상담은 잘 다녀왔어? 담임 선생님은 보니까 어떤 거 같아?"

"응 잘 갔다 왔어. 근데 교실 위치를 몰라서 애먹었어…."

"왜?"

"본관 입구로 들어가서 교실 위치를 찾았는데 3학년 교실은 3층이더라고. 근데 3-6반이 안 보이길래 당황하고 있었지. 마침 지나가던 남자 선생님이 한 분 계시길래 죄송하지만 제가 오늘 상담을 왔는데 교실을 못 찾겠다고 좀 도와달라고 했지. 마침 그분께서 자기는 3-5반 담임 선생님이라고 하시더라고. 그분이 '아, 상담 오셨어요. 저 따라오시면 됩니다.'라고 해서 따라갔는데 3층 끝에 3-5반 교실이 있더라. 그래서 이쪽 복도 끝 저쪽 복도 끝 다 가 봤는데 3-6반 교실은 없는 거야. 그래서 4층을 올라가서 양쪽 복도 끝 다 가 봐도 3-6반 교실은 없더라고. 결국, 선생님은 자기가 이번에 발령받아 와서 교실 배치를 잘 모르겠다고 하시며 그냥 가시더라고. 나 완전히 당황한 거 있지.

그때 마침 학교 종이 앱에 교실 배치도가 첨부되었던 게 갑자기 머릿속을 팍하고 스치는 거야. 얼른 찾아보니 3-6반 교실은 별관 1층에 있더라고. 난 본관 건물만 생각했지 별관에 있을 거라고는 꿈에도 몰랐지 뭐야. 보통 별관이라면 강당이나 체육관 같은 게 있을 거라고 생각하지 않나? 하여튼 헐레벌떡 뛰어서 겨우 상담 시간에 맞춰 갔어. 하도 경황이 없어서 선생님하고 무슨 얘길 했는지 잘 기억도 안 나네. 원래는 미리 여유 있게 가서 우리 아이 학교생활 적응은 잘하는지, 친구들이랑 교우 관계는 어떤지 이것저것 질문할 거랑 선생님께 말씀드릴 내용 같은 거 생각도 좀 정리하고 차분하게 상담하려고 했는데. 완전 폭삭 망했지 뭐. 선생님이 날 이상한 엄마로 봤으면 어쩌지?"

　"그런 경우가 다 있냐. 하하하." 남편은 재밌다고 웃겨 죽는다.

　"나도 그런 황당한 일은 첨이거든."

　"근데 그 이야기 재밌겠다. 3-5반 담임 선생님도 모르는 3-6반 교실. 어때? 그거 라디오에 사연 써서 보내 봐. 혹시 알아. 라디오에 이 사연이 소개될지. 재밌게 한번 써 봐."

"에이. 뭐래. 나 글 쓰는 재주 같은 거 없거든."

* * *

얘기하다 보니 어느새 병원에 도착했다. 병원에 도착하니 다행히 아직 20분의 여유가 있다. 주차한 뒤 병원 건물을 들어서는데 코로나 시국이라 병원 입구부터 절차가 까다롭다. 접수대에서 대기 번호를 뽑고, 우리는 병원 진료실 앞에서 나란히 앉았다. 대기실에 앉아 있으려니 이곳이 너무 낯설게 느껴진다. 드디어 전광판에 내 이름이 반짝인다. 진료실 입구 앞에 앉은 간호사가 내 이름을 부른다. 드디어 내 차례인 건가?

진료실 문을 열고 들어가니 정면에 흰 가운을 입은 흰 머리가 희끗희끗하신 남자 의사 선생님이 앉아 계신다. 오른쪽 입구 쪽에는 작은 데스크에 간호사가 앉아서 컴퓨터로 뭔가를 치고 있다. 떨리는 마음으로 의사 선생님 앞 의자에 남편과 나란히 앉으며 꾸벅하고 '안녕하세요' 인사 한다. 의사 선생님은 넓은 책상에 모니터를 두 대 놓으시고 여러 개의 창을 띄워 놓고 이쪽 모니터에서 저쪽 모니터 화면으로 휙휙 보내며 사진들을 보고 계신다. 뇌 단면을 가로로 찍은 사진도 있고 세로로 찍은 사진도 있다. 뇌 MRI 사진 위로 마우스 포인터를 대고 손으로 마우스 볼을 드륵드륵 몇 번 굴리니 머리 바깥쪽부터 안쪽까지 사진이 커졌다가 작아졌다가 한다.

의사 선생님은 뇌 MRI 사진을 보여 주시며 내 머리에 뇌하수체 종양이 있다고 하신다. 사람의 머리를 4분할로 나누어 본다고 생각했을 때 거의 정 가운데에 위치한 뇌하수체, 원래 이 기관은 콩알만큼 작다. 종양 위치에 마우스 포인터를 놓고 쭉 드래그하니 숫자가 바로 나타난다. 그 숫자가 종양의 크기를 나타내는 건가 보다. 종양 크기는 3.4cm다. 완전한 동그라미가 아니고 왼쪽으로 살짝 치우친 달걀 모양의 타원형이다. 종양의 크기도 문제지만 위치가 좋지 않다나. 눈 바로 뒤 시신경에 종양이 딱 붙어 있고 바로 옆엔 대동맥이 붙어서 지나가고 있다. 사진상으로 보면 대동맥과 시신경이 종양과 협착되어 있을 가능성이 있다고 한다. 종양이 시신경을 너무 압박하고 있어서 시신경이 얇은 실처럼 가늘어진 상태라고 한다. 협착된 상태라서 어쩌면 시신경이 종양과 분리가 잘 안 될지도 모른단다.

어~ 저게 내 머릿속이라고? 갑자기 멍하다. 전혀 실감이 나지 않는다. 뇌하수체 종양이면 뇌종양 같은 건가? 협착이 무슨 뜻이지? 내가 알고 있는 그 뜻? 종양 덩어리가 눌러서 신경과 동맥을 압박하고 있다고? 세포조직이 서로 엉겨 붙어 있어서 떨어지기 어려운 상태라고? 갑자기 바보가 된 듯 멍해져서 말없이 사진만 들여다봤다. 당장 끊어져도 이상하지 않을 만큼 가느다랗게 실처럼 보이는 게 시신경이라고? 선생님께서 마우스로 선을 그어 주지 않았다면 몰라봤을 뻔했다. 두 개의 동그란 안구 사이에 연결된 시신경. 마치 활시위를 잰 듯 가운데가 둥글게 휘어진, 끊어질 듯 말 듯 가느다란 시신경이 아슬아슬해 보인다.

그리고 뇌하수체 졸중이 있었다고 했다. "뇌졸중이 있었는지 좀 된 거로 보이는데…. 환자분 두통이 상당히 심했을 텐데 통증을 못 느꼈나요?"

뇌하수체 졸중? 그건 또 뭐지? 뇌졸중 같은 건가? 몇 달 전 두통이 심했던 날이 생각나긴 했는데… 그럼 그때였나…. 나는 둔감한 사람인 건가.

다음은 피 검사 결과지를 펼쳐 보여 주신다. 처음 보는 호르몬 이름이 정말 많이도 쓰여 있다. 사람 몸에 호르몬들이 그렇게나 많다니. 이름도 잘 모르는 용어들. 하나하나 짚으며 설명해 주신다. HCG, 프로게스테론, 에스트로젠 등등 영어로 쓰여 있는 빽빽한 검사지. 표를 보면서 내

피 검사 결과 수치 옆 칸에는 정상 범위의 숫자가 쓰여 있다. 내 호르몬 수치가 정상 범위에 있는지 이상 범위인지 비교해 볼 수 있도록.

"프로락틴, 이 호르몬은 여성분들이 임신했을 때 나오는 호르몬인데 환자분의 수치는 정상인보다 높습니다. 혹시 생리는 하시나요?"

의사 선생님이 남자분이라 얘기하기 거부감을 느낄 법한 당황스러운 질문이었는데도 내 입에선 아무렇지 않게 대답이 나온다.

"아니요, 생리 안 해요. 작년부터 안 해요. 폐경인 줄 알았는데 아닌가요?"

"네. 40대면 아직 폐경이 올 나이는 아니니까요."

아기를 낳으면 유즙 분비 호르몬인 프로락틴이 나오는데 출산하고 나면 이 호르몬이 분비되어야 산모가 젖이 나와서 출산 후 모유 수유를 할 수 있게 해 주는 역할을 한다. 내 프로락틴 수치도 정상 수치보다 높다는 걸 보니 그래서 요즘 자꾸 젖이 흘렀던가 보다. 그럼 고름이 아니었나 보네. 난 그것도 모르고 혹시 유방암은 아닌가 걱정하고 불안해했는데.

"TSH, T3, T4 갑상선 호르몬 수치도 정상보다 낮습니다. 이 호르몬들이 적거나 많으면 갑상선 기능이 제대로 작동하지 않죠."

"아. 그래서 제가 요즘 피로를 많이 느꼈나 봐요. 아침에 정말 못 일어나겠더라고요. 요즘 갑자기 살도 찌기 시작하고 몸도 좀 많이 붓고요. 참, 제가 피부가 창백하고 노랗다는 말도 주위에서 많이 하던데. 혹시 이것과 관련이 있나 보네요."

피부색을 이리저리 살펴보시더니 종양과 연관이 있을 수도 있다고 하신다.

"그리고 안과에서 검사하신 시야장애 검사결과지를 보니 시야장애 진행이 좀 된 것으로 보이는데. 평소 눈이 잘 안 보이거나 하진 않았나요?"

"선생님 말씀 듣고 보니까 최근 들어 부쩍 눈이 좀 이상했어요. 한두 달 사이에 갑자기 시력이 많이 떨어졌거든요. 눈도 좀 침침하고, 벌써 노안이 온 건가 했는데…."

"시력이 떨어진 게 아니고 시야가 좁아진 겁니다. 여기 시야장애 검사결과지에 검은 점들이 찍힌 거 보이시죠? 이 검은색 점들이 찍힌 부분이 눈동자에서 안 보이는 부분입니다. 눈동자 모양에서 절반 정도가 검은 점으로 가득 차 있는데, 특히 왼쪽 눈 쪽에 검은 점들이 더 많이 보이죠. 왼쪽 눈이 시야가 더 좁다는 뜻입니다. 이렇게 시야가 좁아지다가 결국 실명하게 됩니다." 그러고 보니 아침 출근할 때가 생각났다. 시력이 떨어져서 벌써 노안이라도 왔나 생각했는데. 그게 아니었구나. 그럼 나 지금 눈이 멀어 가고 있는 중인 건가.

종양 제거 수술을 해야 한단다. 앞으로 커피나 녹차 같은 카페인 든 거는 안 되고, 술 담배도 끊으란다. 뇌에 자극을 줄 수 있는 거는 삼가야 한다고. 식사는 채식 위주로 하고 치킨이나 피자, 삼겹살도 안 된다. 체중 조절도 해야 하고 내 생활 습관을 싹 다 바꿔야 한단다.

"그럼 수술만 하면 모두 정상으로 되나요? 약 같은 거는 안 먹고요?"

"아니요. 수술 후에 지속적으로 검사를 해 봐야 합니다.

정상으로 안 돌아오면 호르몬 약을 평생 먹어야 할 수도 있습니다."

아무것도 확실하게 말해 줄 수 없다는 의사 선생님의 말씀에 불안감이 고개를 든다. 무섭다. 혹시 수술이 잘못되면 어떡하지. TV에서 보니까 의료사고도 자주 일어나던데. 온갖 불길한 상상들이 스멀스멀 피어난다. 내 손을 잡은 남편 손에 힘이 들어간다.

진료실 밖으로 나와 데스크에서 기다리는데 간호사가 내 이름을 부른다. 수술 일정을 잡아야 한다. 다른 환자들 수술 일정이 많다고 해서 제일 빠른 날짜는 열흘 후다. 다른 분은 몇 달씩 기다리는 일도 있는데 그나마 나보고 운이 좋다고 한다. 남편은 계속 불안해하며 더 빠른 수술 일정은 없는지, 그때까지 아무 일 없어야 하는데 하며 발을 동동거린다.

사람들은 흔히들 괜찮다는 말로 그 순간들을 넘겨 버리곤 한다. 그 말에는 괜찮을 거야, 내 일상은 항상 그래 왔듯이 그대로 별일 없이 잘 굴러갈 거라고 평온한 일상이 계속될 거라 믿고 그러길 바라는 맘이 같이 들어 있는 것이다. 하지만 나는 그때라도 빨리 알아차렸어야 했다. 그랬다. 그날 무슨 방법을 써서라도 수술 일정을 더 당겼어야 했다. 내가 너무 안이했다.

원무과에서 수납하고 처방전을 받아서 병원 앞 약국에서 처방받은 호르몬 약과 진통제를 샀다. 약국에서 물과 함께 처방받은 약을 삼키는데 혀끝에 닿는 알약이 쓰다. 차까지 걸어오며 얼굴이 부루퉁하게 부어 있던 남편이 한마디 한다.

"당신 참 답답이네…. 왜 아프면 아프다고 말을 안 하는 건데. 아까 의사 선생님한테는 말 잘하더니만. 몸이 아프고 그런 이상 증상이 있으면 왜 나한테 먼저 이야기 안 했냐고. 죽고 나서 말하려고 그랬어?" 남편의 목소리가 떨린다.

"미안해…. 나는 그냥 별일 아닌 줄 알았지. 두통도 참으면 될 거 같았고…. 다들 이런 편두통 정도는 있는 줄 알았지…." 계속 사과해도 남편의 양미간은 퍼질 줄 모른다. 미련한 곰이라고 계속 구박하는 남편한테 할 말이 없다.

"여보. 미안해…. 의사 선생님께서 호르몬이랑 이런저런 설명을 듣다 보니까 그제야 나도 조금씩 이해가 되더라고. 퍼즐 조각들이 맞춰지는 것처럼 그렇게 이해가 된 거지…. 나도 잘 몰라서 그랬어…. 내가 의사도 아니고 어떻게 그런 증상들을 다 알았겠어. 의사도 세상의 모든 병명을 다 알 수 있겠어? 의사도 자기 전공 분야만 잘 알걸? 그리고 TV 보면 의사들도 암에 걸리고 다른 병에도 걸리고 하드만." 괜히 애먼 핑계를 댄다. 나도 나의 둔감함에 화가 나는데, 남편은 오죽할까 싶다.

당신은 내가 화났을 때 옆에서 농담도 잘하고 우스갯소리도 잘하던데 나한테는 왜 그런 재주 하나 없는지. 내가 제일 못하는 것 중에 하나가 바로 화난 사람 화 풀어 주는 거다. 사과하는데도 서툴고 유머도 별로 없는 나. 내가 바로 그런 답답이인 거다.

☾

* * *

차를 타고 집으로 향한다. 휴대전화로 네이버 지식검색에서 뇌하수체 졸중이라는 단어를 검색해서 남편에게 글을 읽어 준다. '사망의 위험도 있을 수 있다'라는 글이 번쩍 눈에 띄었다. 뇌하수체 졸중으로 혼수상태에 빠진 사람도 있다. 내가 내 몸에 대해 너무 무심했구나. 위험했다는 의사 선생님의 말씀을 그냥 하신 말씀이 아니었다. 뇌하수체 종양에 걸린 사람들의 모임인 카페도 있다. 사람들이 올린 글들을 보니 뇌하수체 종양은 생각보다 증상이 정말 다양하다. 병명은 뇌하수체 종양 하나인데 증상은 호르몬 이상에 따라 전부 다르다. 뇌 한가운데 자리한 뇌하수체는 우리 몸 전체의 호르몬을 관장하는 기관이라서 그런가 보다.

종양이 생기는 원인은 정확하게 밝혀진 게 없다. 성장

호르몬 분비 이상으로 키가 거인처럼 계속 자라는 거인증도 있고, 반대로 왜소증, 소인증도 있다. K-1 무대를 누볐던 격투기선수 '최홍만'이 거인증이었다고 하는데 뇌하수체 종양 수술을 했다고 한다.

몸의 말단부위, 손이나 발, 얼굴 등이 점점 커지는 말단비대증도 있다. 예전에 세계 3대 미녀로 유명했던 미국의 하이틴스타 '브룩 실즈'가 이 말단비대증이었다고 한다. 얼굴이 커지고 이마나 광대뼈가 돌출되고 턱이 길어지게 된다는데, 아름다웠던 그녀의 리즈 시절 사진과 비교해 보니 예쁜 사람은 별 차이가 없는 듯하다. 순간 내 얼굴도 이상해졌나? 불안한 마음이 피어오른다. 괜히 차창 앞 선바이저를 내려 얼굴을 이리저리 구석구석 들여다본다. "여보, 그러고 보니 나 광대뼈가 예전보다 좀 돌출된 거 같지 않아? 내 얼굴이 전에 어떻게 생겼었더라? 기억이 잘 안 나네." 남편은 잘 모르겠다고 한다.

뇌하수체 기능 저하로 호르몬 분비가 떨어지면 혈압,

혈당 등 신체 대사에 영향을 주기도 한단다. 무월경, 불임의 경우도 있다. 무월경인데 왜 굳이 수술까지 받는 걸까 싶었다. 난 월경 없으니 편하던데. 그런데 어떤 젊은 새댁이 쓴 글을 보니 결혼하고 무월경으로 임신이 하도 안 되어서 병원에 왔더니 뇌하수체 호르몬에 이상이 있었다고 했다. 그분의 사연을 읽으니 그제야 이해가 된다. 사람마다 사정이 다르구나. 맞네. 무월경이면 임신이 안 되겠구나. 아이를 간절히 원하는데 임신이 안 돼서 얼마나 안타까웠을까, 아이를 기다리는 그 마음이 얼마나 힘들었을까 싶은 생각이 들었다. 그 사람 입장이 안 되어 보면 모르는 거다.

갑상선 호르몬 이상으로 인한 갑상선 기능 저하증도 있고. 갑상선 기능 항진증으로 고생하는 예도 있었다. 부신 피질 호르몬 이상으로 인한 체중 증가, 당뇨, 골다공증, 팔다리는 가늘어지고 배만 불룩 나오는 증상의 쿠싱증후군도 있단다. 안구 마비, 실명, 뇌졸중 등 각각 증상이 너무 다르고 천차만별이라서 일일이 다 읽어 보는데도 한참

이 걸린다. 이 모든 증상들의 원인이 뇌하수체 이상 때문이라니. 치료 방법은 수술도 있고 약물 치료도 있다.

뇌하수체의 기능에 대해 알아갈수록 이 뇌하수체라는 기관은 112상황실과 닮아 있다는 생각이 든다. 우리 몸의 상태에 따라 뇌하수체가 각 내분비 기관에 적절한 명령을 내린다. 청소년 시기엔 성장 호르몬을 분비하고, 출산 후에는 유즙분비 호르몬을, 혈당이나 혈압 조절이 필요한 상황이면 부신피질 자극 호르몬을 분비하라고 지휘한다. 각 기관은 뇌하수체의 명령에 따라서 온몸을 정상적으로 잘 작동될 수 있도록 한다.

뇌하수체라는 이 기관은 온몸 구석구석 영향을 안 미치는 곳이 없다. 마치 112신고를 받고 지령하는 112상황실이 뇌하수체라면 지령을 받고 현장에 출동하는 지구대, 파출소, 경찰서 각 부서는 우리 몸의 각 내분비 기관들, 출동 경찰관은 각 기관에서 나온 호르몬들이다. 현장 경찰관들이 우리 사회 곳곳에 투입되어 사회가 잘 굴러가도록 사건·사고를 처리한다. 경찰도 뇌하수체 호르몬과 마찬가지로 이 사회 구석구석 영향을 안 미치는 곳이 없다. 아픈 곳은 없는지, 암 덩어리는 없는지 계속 주의해서 살펴봐야 한다.

콩알같이 작은 뇌하수체처럼 경찰도 이 사회를 구성하는 작은 부분에 불과하지만, 작다고 미세한 호르몬 한 방울이라고 무시하면 안 된다. 작다고 무시하기엔 생명 기능과 밀접하게 연관되어 있고 다른 내분비 기관들과 유기적으로 연대하여 우리 몸에서 너무나 많은 일을 담당하고 있으니까. 만약 이 뇌하수체가 없어진다면 우리 몸은 제대로 움직이지 못하고 멈춰 버릴 테지. 마찬가지로 만약 우리 사회에서 경찰이 멈춰 버린다면?

* * *

한참 휴대폰으로 검색하고 있는데 갑자기 라디오에서 가수 적재의 〈풍경〉이 소개된다.

"어? 여보. 이거 나 아는 노랜데." 남편에게 아는 척하는 데 노래가 흘러나온다. 첫 소절을 듣자마자 갑자기 왜 이리 마음이 먹먹해지는지. 갑자기 명치끝을 훅 강타한 느낌이랄까. 목이 턱 막힌다. 숨죽이며 아무 말 없이 그냥 노래를 들었다.

문득 그런 날이 있잖아.
가만히 앉아 있다 눈물이 날 것 같은
그런 날
전화기를 꺼내 들어 사랑한다 얘기를 해
지금이 아니면 안 될 것 같았어
빠르게 지나가 버렸던 따뜻했던 그날의 햇살
그때로 다시 눈을 감아
하늘색 문을 열면 펼쳐지던 꿈속 풍경……

노래를 듣는데 문득 지난주 아이들과 뒷산에 올랐던 그

날이 생각났다. 뒷산에 산책하러 갔는데 비 온다는 소식도 없었는데 땅이 젖어 있었다. 새벽에 소나기가 잠깐 왔었나 보다. 뒷산 중턱쯤 왔을까. 비 온 뒤라서 그런지 무당개구리들이 엄청 많이 나와 있있다.

"얘들아, 저기 무당개구리 좀 봐. 진짜 많네."

아이들과 초록색 몸통에 주황색 점박이 무늬의 무당개구리가 폴짝폴짝 뛰어가는 걸 한참 쳐다보았다. 그런데 갑자기 무당개구리는 독이 있다는 말이 떠올라 갑자기 혐오감이 밀려왔다. 한편으로는 무당개구리의 초록과 주황의 보색 대비가 어쩜 저렇게 선명할까. 자연의 컬러풀함이 신기하고 아름답게 느껴졌다. 이런 비슷한 무늬를 어떤 디자인에서 본 듯하기도 하다. 누군가도 나처럼 무당개구리를 보며 예쁘다고 느꼈을까? 선과 악, 아름다움과 추함, 빛과 어둠. 이 모든 게 반대되는 것들이라 생각했다. 그런데 어쩌면 그런 판단은 인간의 주관적인 감정에 의한 것은 아닐까. 혐오와 아름다움이라는 감정은 사람마다 다르게 느끼는 한 끗 차이인 걸까?

갑자기 큰아이가 "우와 엄마. 저기 아카시아 있어요." 하고 소리친다. 가지 하나를 꺾어 아카시아 잎사귀를 하나씩 번갈아 떼어 낸다. "사랑한다. 안 사랑한다. 사랑한다. 안 사랑한다." 중얼거리며 뒷산을 걸어간다. 마지막 잎사귀가 "사랑한다."가 나와서 다행이다.

"참, 엄마, 우리 아카시아 전 언제 해 먹어요?" 아이는 아카시아 잎사귀를 뜯다가 갑자기 예전에 먹었던 아카시아 화전이 생각이 났나 보다.

"아카시아꽃은 보통 5월 초쯤 피니까 아마도 몇 주 지나면 필 거 같은데…. 다음 주에 우리 다시 와 보자. 응. 꼭 약속." 얘기하다 보니 생각났다.

벌써 아카시아 철이 다가왔구나. 예전에 우연히 아카시아꽃 튀김이랑 아카시아 전을 만드는 블로그를 보고, '언젠가 나도 애들이랑 한번 해 먹어 봐야지' 하고 마음먹었었다. 근데 이 아카시아꽃은 5월에 잠깐 피었다 지기 때문에 그 시기를 놓치면 또다시 1년을 기다려야 한다는 거. 한동안 잊어버리고 있었는데. 몇 년 전 애들이랑 같이 뒷산 산책하러 갔다가 그 시기가 맞았던지 아카시아꽃이 만발해 있는 것을 보았다.

　문득 그때 아카시아 화전 만들었던 블로그 생각이 나서. "참, 얘들아, 엄마가 예전에 보니까 아카시아꽃으로 화전을 만들어 먹을 수 있대. 우리도 한번 만들어 볼까?" 하고 말을 꺼냈다. 좋다며 얼른 해 보자는 아이들의 아우성…. 들고 간 봉지가 없어서 쓰고 있던 모자를 벗어 아이들과 아카시아꽃을 한가득 따서 담았다. 꽃이 시들세라 얼른 서둘러 집으로 왔다. 부침가루를 개어서 깨끗이 씻은 아카시아꽃을 반죽에 넣었다. 화전을 부치는 내내 집안에 향긋한 꽃냄새가 가득했다. 봄이 오면 우리 아이들은 아직도 가끔 아카시아 화전이 생각나는지 불쑥 얘길 한다. "엄마, 그때 아카시아 전 맛있었는데. 우리 또 해 먹어요." 그날의 따뜻했던 기억에 아이들과 나는 해마다 봄이 되면 아카시아를 기다린다. 아이들과 올해 아카시아 전 해 주기로 약속했는데 어쩌지?

갑자기 내가 뇌 수술을 받아야 한다는 사실이 실감이 났다.

"여보, 나 수술 잘되겠지?"

"당연하지. 잘될 거야."

"참, 애들한테는 어떻게 말하지?"

"빨리 말하면 괜히 애들 놀랄 거 같은데…. 다음 주쯤 천천히 말하는 건 어때?"

그런 뒤 남편은 아무 말이 없다. 생각이 복잡한가 보다. 그러네. 애들이 놀랄 수도 있겠구나. 평소처럼 아무렇지 않게 대해야 할까…? 내가 그럴 수 있을까. 우리는 말없이 라디오에서 흘러나오는 노래와 사연들을 들으며 집으로 향했다. 멀리 보이는 산들도, 파란 하늘도, 구름도 거짓말같이 평화로워 보인다. 차창 밖을 쳐다보는데 풍경이 뿌옇게 흐려져 보인다.

* * *

☾

집에 도착하니 아이들은 벌써 집에 와 있다. 앞치마를 두르고 저녁 준비를 한다. 오늘은 목요일 김밥데이다. 집에 오는 길에 산 김밥을 한 줄씩 각자 접시에 담고, 물 붓고 스프 넣어 어묵탕을 끓여 낸다. 이 모든 게 10분도 채 안 걸린다는 거.

우리 집은 일주일에 분식데이, 라면데이, 부대찌개데이 등 무슨 날(day)이 많다. 우리 동네 장날인 화요일이면 떡볶이, 튀김, 어묵을 사 먹으니 분식데이. 수요일은 집 앞 킹스 부대찌개에서 만 원짜리 한 팩으로 뚝딱 저녁 한 끼를 해결하니 부대찌개데이. 금요일은 학습지 선생님이 오시는 날이라 저녁을 최대한 빨리 먹어야 해서 라면데이다. 애들은 재밌어하지만 정작 나 편하려고 이런 날들을 만든 거지. 나도 따뜻한 밥에 생선도 굽고, 된장찌개 끓여서 상추쌈에 맛있는 한상 차려 가족들과 같이 먹고 싶다.

아이들이 어렸을 때는 그래도 뭐라도 해 먹이려고 이것저것 만들어 보려고도 했지만, 우리네 한식 밥상은 시간과 노력이 너무나 많이 들었다. 시금치나물 하나를 만들려고 해도 시금치를 씻어야지, 다듬어야지, 데쳐야지, 헹궈야지, 그런 다음 참기름, 소금, 깨소금, 파, 마늘 넣고 갖은양념을 넣고 무쳐야 한 접시가 된다. 그 반찬 한 접시 만드는 데 30분이 든다. 이런 반찬을 최소 세 개는 만들어야 밥을 먹을 수 있는데, 1시간 걸려서 저녁 준비하다 보면 애들은 배고파서 어느새 초코파이 한 봉지를 뜯고 있다. 퇴근해서 집에 도착하면 7시인데 저녁 준비하는 데 그렇게 오래 걸리면 밥은 언제 먹고, 설거지는 언제 하느냐고.

그래, 사람이 완벽할 순 없는 거야. 다 잘하려고 하는 건 욕심이지. 그래서 이래저래 많은 걸 내려놓고 타협안, 절충안을 찾았다. 그게 분식데이, 김밥데이, 라면데이인 거다. 한창 크는 애들 그렇게 먹인다고 누군가는 나를 욕할지도 모르겠다. 하지만 다시 태어나면 나도 워킹맘 안하고 싶다.

우리가 음식을 먹으며 과거를 떠올리며 추억한다는 건, 그 음식 자체가 아니라 함께 먹었던 그때의 분위기를 그리워하는 건지도 모른다. 그런데 우리 아이들이 엄마가 해 주던 밥맛을 김밥천국이나 고봉민 김밥이라고 기억하면 어떡하지. 난 그게 제일 맘에 걸린다. 내 어릴 때를 생각하면 엄마가 해 준 미더덕 넣고 끓인 구수한 된장찌개, 돼지고기 듬뿍 넣은 얼큰한 김치찌개, 나물 남은 거 다 넣고 고추장에 참기름 듬뿍 둘러서 쓱쓱 비벼 먹던 비빔밥. 특별히 고기반찬 없어도 뜨거운 밥에 김치랑 김만 올려 싸 먹어도 너무나 맛나게 먹었던 밥들이. 난 그런 추억들이 떠오르는데.

괜히 미안한 마음이 불쑥 고개를 내민다. "얘들아, 엄마가 내일은 꼭 야채 듬뿍 넣고, 차돌박이 넣은 구수한 된장찌개 해 줄게." 그런데 애들은 그냥 김밥도 맛있다며 잘 먹는다. 어묵탕에 김치 단무지뿐이지만 맛있게 잘 먹어 주니 고맙다. 갑자기 매운 게 땡겨서 마른 멸치와 고추장을 꺼내 왔다.

"참, 애들아, 너희도 마른 멸치 고추장에 찍어 먹어 봐. 엄마 어렸을 땐 말이야 반찬 없으면, 밥에 물 말아서 마른 멸치에 고추장 찍어서 먹는 거 좋아했었어. 그리고 멸치에는 칼슘이 많아서 뼈에도 좋대." 중간 크기 멸치라 머리와 똥을 떼어 내서 고추장에 찍어 한입 먹어 보라고 아이들 입에 넣어 준다. 생각했던 것보다 맛있는지 잘 받아먹는다. 그러다가 자기가 직접 머리 떼고 똥 떼어 내고는 고추장에 찍어 먹는다. 멸치 비린내 난다고 싫어할 줄 알았는데 생각보다 잘 먹는다. 볶음멸치 반찬만 먹다가 이렇게 먹는 것도 별미인 건가.

그러다가 작은아이가 마른 멸치 한 마리를 집어 든다. "엄마 이것 좀 보세요." 아이의 손에서 마른 멸치가 입을 쩍 벌리고 있다. "이 멸치는 악하고 소리치다가 죽었나 봐요." 이렇게 생긴 게 또 있는지 찾아본다며 뒤적인다. "이야, 멸치의 쩍 벌어진 입을 보니 멸치가 아니라 용인 것 같은데. 입 앞에다가 빨간색 불을 그려 주면 완전 용이 불을 뿜는 것처럼 보이겠다." 남편도 한마디 거든다.

☾

"오, 좋아. 이 멸치로 미술 작품을 만들어도 좋겠는걸. 이런 작품 어때? 도화지에 바다를 파란색으로 먼저 칠한 뒤에 비명 지르는 멸치 대가리를 파도치는 위에 쭉 붙여 놓는 거야. 마치 멸치들이 못 살겠다고 비명을 질러 대는 것처럼 보이게 말이야. 인간들아, 바다에 쓰레기 좀 버리지 마! 하는 느낌 어때? 그리고 제목은 '비명'으로 하는 거지. 재밌을 거 같지 않아?" 내가 생각해도 웃긴다. 멸치 대가리로 미술 작품 만들 생각을 떠올리다니.

"'물의 비명'이나 '비린내'는 어때요?" 맞장구치는 아이들. 신나서 더 상상력을 펼쳐본다.

"그냥 심플하게 '멸치'도 좋겠고, 아니면 '아우성'은 어때?"

"엄마, 근데 멸치를 그렇게 많이 붙이면 냄새 안 날까?"

"그럼 아예 제목에 '바다냄새'라고 하면 되지."

"파도 소리까지 더해서 3D 그림으로 만들어도 돼요. 3D 영화도 있는데."

"멸치로 3D 그림을? 우와, 그것도 멋진 생각인데."

"근데 멸치를 붙여서 작품을 하면 오래 보관이 될까요? 썩으면 어떡하지…"

"맞네, 보관 방법도 생각해 봐야겠다. 제목도 중요하지만, 더 중요한 게 있어. 내용 설명이 얼마나 중요한데. 작품 설명은 이렇게 덧붙이는 거야. 지구가 오염되고 있다고. 환경을 보호해야 한다고. 바다를 살려야 한다고. 물고기들이 비명을 지르고 있다고 말이야. 어때. 좀 그럴싸해 보이겠지?"

"맞아. 꿈보다 해몽이 좋아야 하는 거야. 그냥 그림만 좋아서는 안 돼. 요즘은 스토리가 있어야 한다고." 남편도 맞장구치며 말한다. 이야기하다 보니 아이들과 바다 오염의 심각성, 무분별한 일회용품 사용, 환경보호 단체 조직, 지구 열대화, 후쿠시마 원전 오염수 문제까지 이야기가 확장되어 나간다.

가족들과 같이 밥 먹는 이 시간은 내가 하루 중 제일 소중하게 여기는 시간이다. 엄청나게 중요하고 대단하고 거창한 일을 하는 것은 아니지만 가족과 함께 있다는 것 자체가 소중하다. 가족과 함께 밥을 먹고, 그날 있었던 소소한 이야기들을 나누고, 말도 안 되는 어이없는 이야기

들, 시시껄렁한 이야기들에 서로 같이 웃어 주고 하는 이
순간이 그냥 좋다. 나처럼 아이들도 언젠가 이 시간을 떠
올리며 추억해 주겠지.

* * *

식탁을 치우며 거실을 흘낏 쳐다보니 아빠랑 작은아이
가 소파에 앉아 있다. 남편은 그새 빨래를 걷어서 개고 있
다. 뜬금없이 작은아이가 "아빠는 살면서 가장 기억에 남
는 선물이 뭐야?"라고 물어본다. 당신은 나를 쳐다본다.
눈이 마주치자 빙긋 웃으며 손가락으로 나를 가리킨다.
웃음이 터졌다. 푸하하하. 그러고 보니 지난주에도 아이
가 "아빠가 제일 좋아하는 것은 뭐야?"라고 물어봤을 때.
그때도 당신은 손가락으로 나를 가리켰었지.

글쎄, 나한테 살면서 가장 기억에 남는 선물은 뭐였을까? 아이들의 손편지, 생일날 받은 수제 케이크, 초콜릿, 옷, 책, 목걸이 등등 내가 받았던 많은 선물이 생각나는데 말이야. 그럼에도 불구하고 '가장 기억에 남는 선물이 뭐냐고 물으면 나도 손가락으로 당신을 가리킬 거 같아. 내 인생의 가장 큰 선물.

설거지하는데 거실에서 아이들의 기타 소리가 들린다. 요즘 한창 푹 빠져 있는 〈싱어게인〉에서 이무진이 불렀던 〈누구없소〉를 연주하고 있다. 얼른 설거지를 끝내고 거실로 가 의자를 당겨 아이들 앞에 남편과 나란히 앉는다. 보면대를 세우고, 악보를 펴 놓고 기타를 치는 모습이 꽤 그럴싸하게 보인다. 남편과 나는 휴대전화로 동영상이랑 사진을 찍어 준다. 아이들이 자세며 표정까지 진지해진다.

우리 아이들이 기타에 빠지게 된 계기는 2019년 TV 오디션 음악 경연 프로그램인 〈슈퍼밴드〉때문이다. 아들 두 녀석이 〈슈퍼밴드〉를 한참 보다가 고등학생 기타 천재 3인방의 연주를 듣고는 갑자기 기타 배우고 싶다고 난리가 난 거다. 그냥 스쳐 지나가는 호기심이겠거니, 며칠 그러다가 말겠거니 했었는데, 어느 날 하루 작은아이한테 갑자기 전화가 왔다. 학교 마치고 근처 학원가를 찾아다니다 기타학원 간판을 찾아냈단다. 전화번호 등록도 안 된 곳을 어떻게 찾아낸 건지. 난 아무리 다녀 봐도 그런 간판은 안 보이던데. 사람은 정말이지 자기가 보려고 하는 것만 보이는 듯싶다. 아이는 앞으로 장난감 사 달라는 말도 안 하고, 생일 선물, 어린이날 선물, 크리스마스 선물도 모두 다 안 받아도 좋으니 기타학원에 보내 달라며 생전 처음 고집이라는 걸 부렸다. 그런 아이의 열정을 도저히 꺾을 순 없었다.

학원에 상담하러 갔더니 1인당 주 1회 20분씩 수업, 한 달에 20만 원이란다. 너무 비싸서 망설였더니 원장님께서 마침 지금 이벤트 기간이어서 3개월 선납하면 기타를 무료로 주신다고 하셨다. 형제가 두 명 같이 다니면 형제 할인도 더 해 주시겠단다. 애들 학교 마치는 시간과 조절

해서 수업 시간을 정하고, 학원 등록을 마쳤다. 기타를 배운 지 2년이 다 되어 가는데, 한 달에 한 곡씩 뚝딱 마스터해 오는 녀석들이 기특하다. 사람은 자기가 하고 싶은 것을 할 때 제일 빛이 나는 듯하다. 다음 곡은 이승윤 씨의 〈내 마음의 주단을 깔고〉를 배워서 연주해 달라고 신청곡을 예약했다.

* * *

"얘들아, 8시네. 이제 밥 먹은 거 소화도 할 겸, 강변 산책이라도 하러 갈래? 걸어서 딱 한 시간밖에 안 걸려. 잠깐만 갔다 오자." 싫다면서 귀찮아하는 아이들의 무거운 엉덩이를 일으켜 세우며, 운동화를 신고 집을 나선다.

우리 집에서 걸어서 5분 거리에 강변 산책로가 있다. 걸음 수로 만 보 정도 찍히는 정도라서 왕복 한 시간 산책 코스로 딱이다. 그리고 푹신한 고무바닥이라 걸을 때 다리에 무리가 덜 간다. 강변 쪽은 산책길을 따라 벚나무가, 반대쪽은 대나무가 쭉 심어져 있다. 그 너머는 논, 밭 비닐하우스다. 산책길 절반은 고무바닥 매트고, 나머지 절반은 자전거 도로로 아스팔트 재질로 포장되어 있는데, 저녁이 되니 산책하는 사람들도 꽤 보인다. 10년 전만 해도 산책길 옆에 심어진 나무들은 작은 묘목이라 그늘 한 점 얻기 힘들었다. 낮에는 모자 없인 산책할 엄두도 못 내고, 땡볕에서 녹초가 되곤 했었는데, 작았던 나무들이 어느새 훌쩍 자라 이젠 내 키를 훌쩍 뛰어 넘어선다. 걷다가 힘들면 중반쯤 쉼터가 있어서 물도 마시고 앉아 쉬어 갈 수도 있다. 풋살장도 잘 조성돼 있고, 농구장이랑 운동기구들도 있다. 아이들과 오면 작년까지만 해도 항상 쉼터에서 쉬었다가 가곤 했는데, 올해부턴 쉼 없이 한번에 왕복할 수 있다. 아이들이 부쩍 자란 게 느껴진다. 아이들은 뛰다가 걷다가 가로등 몇 개까지 통과하며 뛸 수 있는지

내기도 하면서 앞서거니 뒤서거니 뛴다.

큰아이는 나랑 짝이 되고 작은아이는 아빠랑 짝이 되어 걷는다. 큰아이가 갑자기 나한테 묻는다. "엄마는 시간여행이 가능하다면 말이야, 언제로 다시 돌아가서 살고 싶어?"

"글쎄. 언제로 돌아가면 좋을까? 음. 생각해 볼까. 엄마는 10대 때 꿈도 목표도 없어서 별 의미 없이 그냥 학교, 집, 학교, 집 이렇게만 왔다 갔다 하면서 살았던 거 같아. 그다지 재미없던 시기였어. 20대 때는 학교 졸업하자마자 경찰공무원 시험 준비하고 바빴고 합격하고선 발령받아서 바쁘게 일했지. 그때로 돌아가서 다시 공부하는 건 싫고. 30대 때는 결혼하고 임신해서 너희들 낳고 키우고 정말 정신없이 살았어. 매일 일분일초 여유 시간도 없이 바쁘게 살았거든. 그런데 다시 그 고생했던 시간으로 돌아가는 것도 별로일 거 같고. 그런데 엄마가 너희들 키우면서 잘 모르고 실수했던 때로 돌아가서 그 실수를 없던 일로 하고 싶기도 해.

너 혹시 기억나? 네가 네 살 때 엄마가 생일 선물 미리 택배로 받아서 벽장 뒤에 높은 데 숨겨 놓았었는데, 너는 그걸 어떻게 알았던지 엄마 몰래 그 높은 데를 기어 올라 가다가 떨어져서 다쳤었어. 네가 호기심 많은 애라는 거 잘 알면서, 그때 왜 바보같이 그렇게 높은 데 선물을 숨겨 났었는지 몰라. 그때 널 다치게 했다는 생각에 엄마는 얼 마나 자책했는지 몰라. 추운 겨울 눈 오는 날 늦게까지 밖 에서 놀다가 감기에 중이염까지 걸려서 몇 달을 고생하게 했던 것도 후회되고 말이야. 그 모든 실수를 다시 없던 일 로 되돌리고 싶지.

그런데 말이야. 그런 실수를 통해 배운 것도 많아. 또 엄마는 그런 실수들로 인해 더 성장했고 더 단단해졌고. 물론 조금 아쉬운 순간들도 있긴 했지만. 글쎄. 다시 살 아도 아마 그렇게 똑같이 실수하며 배우며 살 거 같아. 처 음부터 잘하면 그게 초보 엄마겠어? 엄만 그동안 매일매 일 열심히 살았어. 그렇게 차곡차곡 열심히 산 하루하루 들이 쌓여서 지금의 내 모습이 된 거니까. 난 그냥 지금이 좋고 편해. 너희들이랑 이렇게 같이 있는 지금이 제일 좋아. 다시 살아도 별로 달라질 건 없을 거 같은데. 넌 언제로 가고 싶은데?"

큰아이는 조금 고민하다가 "난 엄마가 어린애였을 때로 가고 싶어요. 내 또래거나 나보다 좀 어려도 좋고."라고 대답한다.

"왜? 엄마 어릴 때 어땠을지가 궁금하니?" 피식 웃음이 난다.

"그냥 어떤 아이였을지 궁금해서요. 내가 다가가서 말 걸면 놀랄까요?" 하고 물어본다.

"음, 엄마 어렸을 때는 굉장히 소심하고, 내성적이고 부끄럼도 많고 말수도 적은 아이였거든. 아마 얼굴도 모르는 처음 보는 남자애가 말을 걸면 도망갈지도 몰라." 아이는 내 대답에 실망한 눈치다.

"아니면 아빠 어렸을 때로 가서 만나 봐. 야구도 하고 축구도 하고 같이 놀자고 하면 좋아할걸." 마침 우리 왼쪽으로 남편과 작은아이가 속도를 높여 우리를 추월하려고 한다. 큰아이는 질 수 없다며 내 손을 잡아끌며 바로 따라 뛰어간다.

"엄마는 빨리 뛰면 힘들어. 천천히 따라갈 테니까 먼저 가." 큰아이를 먼저 보낸다.

큰아이의 뒷모습을 보는데 문득 신발 안쪽 바닥만 닳은 게 눈에 띈다. 휜 다리, X자형 다리였던가 O형 다리였던가 저렇게 신발 바닥이 안쪽만 닳는다고 본 거 같다. 다리 모양 때문에 아이가 그렇게 자주 넘어지고 다치곤 했던 건가? 교정을 해야 하나? 아니면 병원에 데리고 가 봐야 하나? 갑자기 이래저래 고민이 생겼다. 너무 늦으면 안 될 텐데. 너무 늦으면 교정이 아니라 수술을 해야 할지도 모를 텐데. 아이의 다리에 내가 좀 더 주의를 기울이고 더 빨리 발견했어야 하는데. 아차 하는 생각이 스친다.

엄마는 이렇게 너보다 한걸음 뒤에서 살펴봐 주고 싶은데 앞으로도 계속…. 너의 앞이라면 너를 이끌고 가며 내 마음대로 하려 할 거 같고, 옆자리라면 같이 가느라 여유가 없을 거 같고, 너의 뒤라면 이렇게 살펴보고 넘어지려고 하면 받쳐 주기도 하면서 말이야…. 언제까지나 너희들 곁에서 지켜봐 주고 싶은데 엄마가 없으면 어쩌지.

산책길 중반쯤 걸어가다 보니 아파트에 불빛들이 물 위에 비쳐 마치 한 폭의 그림처럼 아름다운 야경이 보였다. 호수에 비친 아파트 불빛이 마치 별이 쏟아져 내린 듯하다. 기대하지 않았는데 너무 예쁜 풍경에 휴대전화를 꺼내 찰칵 사진을 찍어 본다. 잠깐만. 곰곰이 생각해 보니 원래 저기 저 자리엔 호수가 없었는데, 뭐지? 마른 흙으로 덮여 있던 자리였던 걸로 기억하는데. 뭐지? 논인가? 밭인가? 호기심에 가까이 다가가 보니 논에 물을 대 놓은 것이었다. 물을 막아 놓은 논이었는데, 밤에 보니 마치 호수처럼 보이는 것이었다.

아이러니이지 않은가? 그토록 예쁘게 보이던 풍경이 사실은 물 댄 논에 비친 야경이라는 것을 알아차리자마자 살짝 실망하다니. 사람의 마음이란 참 간사하지. 아름다운 풍경이라는 사실에는 변함없는데 말이다. 원효대사의

"모든 것은 마음먹기에 달렸다."라는 일체유심조가 생각난다. 당나라 유학길을 떠난 원효와 의상이 밤이 되어 작은 동굴에서 쉬고 한밤중에 갈증으로 잠이 깬 원효가 주위에 물이 담긴 바가지를 발견하고 맛있게 마신 후 잠이 들었다. 그러나 다음 날 아침 일어나다 보니 간밤에 잠을 잔 곳은 오래된 무덤이었고, 원효가 그토록 시원하게 마신 물은 해골에 고여 있던 물이었다는 이야기가 말이다.

이 세상의 모든 일은 어떻게 보느냐에 따라, 그리고 그 사람의 마음 상태에 따라 전혀 다르게 보일 수 있다는 뜻이겠지. 선한 마음으로 세상을 바라보면 세상은 아름다울 것이고, 나쁜 마음으로 세상을 바라보면 세상은 괴롭고 힘든 곳이 아닐까. 나도 그처럼 깨달음을 얻어 열린 마음으로 삶을 긍정하며 살 수 있기를 기도한다.

눈에 보이는 게 다가 아니구나. 호수에 비친 야경이 아니라 사실은 물 댄 논에 비친 야경이라는 사실이 말이다. 우리가 사는 삶에서는 어떨까? 그럼 진실을 모르는 채로 있는 게 나을까? 나는 현상을 볼 때 제대로 보기 위해 애쓰고 있는가? 보이는 사실뿐만 아니라 그 이면의 사실까지 알기 위해 부단히 노력하고 있는가? 눈에 보이는 그대로 믿을 것인가, 아니면 이면에 숨겨진 것들을 다른 진실을 찾고 의심할 것인가. 나는 실체적 진실을 알기 위해 최선을 다하는 사람인가. 만약 진실을 찾았다면 그 진실에 마주할 용기가 있는 사람인가.

시간이나 타이밍은 어떠한가? 인생은 우연들이 모여 멋진 순간이 만들어지기도 한다. 나는 우연히 오늘 밤에 산책을 나왔고, 우연히 그 풍경을 본 것이다. 지금 내가 저 멋진 야경을 보는 타이밍. 밤이어야 하고 모내기 철이어야 하는 타이밍이 맞아떨어져야 한다. 몇 주만 지나면 모가 자라서 벼들이 논을 꽉 채워 버릴 테니까. 바로 지금 이 타이밍이어야만 한다.

흔히들 어떤 유명한 명소나 유적지를 이야기할 때 언제 어느 시기에 가서 보면 가장 절정인지 이야기하곤 한다. 강원도 오대산 월정사는 하얀 눈 오는 겨울에 가면 예쁘고, 경주 분황사는 가을 저녁노을 질 무렵에 가는 게 좋고, 동궁과 월지는 야간 조명이 멋지니까 밤에 야경을 둘러보는 게 좋다면서 말이다. 그래서 모두들 최상의 타이밍과 시간을 찾는 걸까?

　우연이 모이면 운명이 된다. 135억 년 전 빅뱅으로 우연히 우주가 생겨나고, 38억 년 전 지구라는 행성에 생물이 탄생해서, 7만 년 전 호모 사피엔스가 나타나고, 수렵·채집으로 먹고살던 원시 인류에 농업혁명이 시작되지 않았다면 오늘 지금 이 순간 이 멋진 풍경을 볼 수 없었겠지. 우주에서 그중에 지구, 그 속의 대한민국이라는 나라, 다른 생명체도 아닌 인간이라는 존재로 태어나서 나는 저 아름다운 풍경을 보고 사유하고 느낀다. 내 안에도 135억 년의 우주의 DNA가 농축되고 응집되어 있음을, 나도 소중한 존재임을 느낀다. 광활한 무한 우주 속에서 시간과 공간이 나를 관통해 빠르게 지나간다. 역사라는 거대한 흐름 속에 작고 미미하고 보잘것없는 하찮은 존재인 나라는 인간. 하지만 나도 그냥 의미 없이 태어난 건 아니겠지?

　생각에 잠겨 걷고 있는데 갑자기 강변 아래쪽에서 풀숲을 헤치고 어떤 물체가 지나가는 소리가 들린다. 개처럼 작은 크기라기엔 풀숲을 가르며 지나가는 소리가 크다. 멧돼지 정도의 몸집. 아마 그 정도의 몸집이 좀 있는 동물이 지나가는 소리다. 고라니일지도 모르겠다. 아니다. 고라니는 겅중겅중 뛰지 않나? 어두워서 잘 안 보인다. 어쩌면 몸집이 큰 들개일지도 모른다. 산에서 60대 할머니가 들개에게 물려 죽었다는 뉴스를 본 적이 있다. 요즘 들개가 많아졌다고 한다. 키우던 애완견을 버리는 일이 많다더니 최근 들어 들개에 물렸다는 사건 사고를 많이 접하는 듯하다. 휴대전화 플래시를 켜고 살펴볼까 하다가 괜히 자극하는 게 될까 싶어서 그만두었다.

* * *

    갑자기 휴대전화 벨 소리에 발신자를 보니 동기의 이름이 뜬다. 오늘 내가 주간 근무인 줄 알고 낮에 메신저로 쪽지를 보냈는데 내 메신저가 꺼져 있어서 무슨 일인가 싶어 전화했단다. 오후에 반가를 내고 병원에 다녀온 얘기를 간단히 알렸다. 그랬더니 동기는 벌써 아는 병명이었던가 보다.

    "뇌하수체? 아, 나 그거 들어봤어. 대학 친구가 결혼하고 하도 임신이 안 돼서 병원에 갔는데, 뇌하수체 선종이었다고 하더라고. 수술도 안 하고 별거 없이 간단하던데. 한동안 호르몬 약 먹고 나았다더라고. 하여튼 임신해서 지금은 애 낳고 잘 살고 있어."

    "아, 그래? 그 친구는 지금 잘 지낸다니 다행이네. 근데 네 친구는 호르몬 문제라서 약 먹으면 나았을지도 몰라…. 근데 나랑은 다른 케이스라서…." 병원에서의 일을 대강 말해 주었지만, 대화가 겉돈다. 사람들은 왜 자기가 아는 사실 외엔 다른 건 더 들을 필요가 없다고 생각하는 걸까? 모든 걸 다 안다는 듯한 느낌. 너에게 닿지 못한 내 말들이 벽에 맞고 튕겨 나온다. 동기는 이미 니의 문제가 별거 아니라고 대수롭지 않게 생각한 듯하다. 그런 상대방에겐 내가 무슨 말을 해도 선입견은 없어지지 않겠지.

"참, 근데 의사가 꼭 수술해야 한대? 그래도 약 먹으면 안 된대? 요새는 병원에 가면 무조건 다 수술하라고 한다더라. 다른 병원은 안 가 봤어?" 별것도 아닌 말인데 내 마음은 울컥한다. '너 도대체 내 말을 뭘로 들은 거냐고… 나 종양이 너무 커서 수술밖에 답이 없다고. 나 눈이 안 보이게 될 수도 있다고.' 하는 말들이 튀어나오려는 걸 억지로 삼켰다. "아니. 다른 병원은 아직 안 가 봤어. 지금 집 밖이라 그런지 감이 머네. 잘 안 들린다. 하여튼 나중에 다시 통화하자."라며 전화를 끊었다.

갑자기 기분이 언짢아진다. 마음 한편에 살얼음이 언 듯 쨍한 느낌에 불편하다. 또 내 마음속에 사는 고슴도치란 녀석이 가시를 세웠나. 사람들은 남에 대해 말하는 게 너무 쉽다. 이미 선입견이 있는 사람에게 그 선입견을 깨고 어떤 사실을 새로이 설명하고 납득시키는 데까지 시간이 얼마나 필요할까? 처음 나간 소개팅에서 첫인상을 망쳐 버린다면 그 잘못된 인식을 바로잡는 데 오랜 시간이 소요되는 것과 마찬가지겠지.

평소라면 시간 가는 줄 모르고 동기랑 전화기 붙들고 30분씩 수다도 떨고 할 텐데, 오늘은 왠지 그럴 맘이 아니다. 말하다 보면 눈물이 쏟아질 거 같아서…. 적어도 여기 산책로에서 그러고 싶진 않았다. 남들에게 약한 모습 보이기 싫고, 동정받는 것도 싫다. 일일이 설명하려 들자면 내가 구차하고 구질구질해지는 거 같다. 설명해서 그녀를 이해시킨들 뭐가 달라지는가? 내 종양이 없어질 건가, 아니면 수술 안 해도 되나? 변하는 건 아무것도 없는데.

혼자 걷다 보니 이런저런 상념들이 두서없이 떠오른
다. 문득 몇 달 전 직장 교육 때 오신 강사님의 말씀이 생
각난다. 2시간짜리 직장 교육, 별 기대 없이 기본 점수 채
우려고 그냥 앉아 있는 경우가 대부분이다. 다른 직원들
도 고개 숙여 휴대전화만 들여다보고 있고, 야간 근무하
고 들어간 날이면 졸다가 나오기 일쑤다. 잠의 중요성에
대한 강의도 있었고, 사상체질 관련해서 체질을 알고 건
강을 체크하자는 강의도 나름 재밌게 들었던 거 같은데,
이번 달 직장 교육 주제는 왠지 처음 접해 보는 주제라 낯
설었다.

'단 한 번의 삶, 우리는 무엇을 위해 어떻게 살아야 하는
가?'라는 주제였다. 강사님은 여러분은 오늘 죽는다면 지
금 무엇을 하고 싶으냐고 물어보셨다. 마이크를 돌리자,

다양한 대답이 나왔다. 오늘과 똑같이 그냥 평범하게 살 겠다는 분도 있고, 사랑하는 사람들에게 사랑한다는 말을 전하겠다고도 하고, 가족들과 여행을 가겠다는 대답도 있 었다. 그때는 별로 진지하게 생각해 보지 않았던 질문이 었는데, 머릿속에 계속 남아 맴돈다.

무엇이 탁월한 삶이고 무엇이 행복한 삶인가에 대해 말 씀하시며 중용과 덕에 관해 설명하셨던 게 기억난다. 그 어떤 상황에서 지나치지도 모자라지도 않는 어느 쪽에도 치우치지 않도록 내가 떳떳한 가운데에 있는 것이 '중용'이 라고 하셨다. 《일리아스》에서 아가멤논에게 자기 여자를 빼앗긴 아킬레우스의 분노처럼, 드라마 〈이태원 클라쓰〉 에서 학교폭력에 맞서 싸우다가 결국 퇴학을 당하던 박새 로이처럼 자신이 처한 상황 속에서 최선을 사는 것, 감정 에 충실한 것, 분노할 때는 분노하는 것이 어트랙티브한 것이고 아름다운 것이고 감동을 주는 것이라고 하셨다.

그때 난 좀 혼란스러웠다. 감정을 드러내고 분노를 표

출하는 것이 어트랙티브하고 아름다운 것이고 감동을 주는 것이라고? 그런 것이 중용이라고? 글쎄. 그건 솔직함이라는 말이 맞지 않나? 주어진 상황에서 최선의 결과를 추구하며 이성적인 판단을 하는 것이 중용 아닌가? 난 이제까지 평정심을 유지하는 것이 중용이라고, 평정심이야말로 최고의 미덕이라고 생각해 왔는데 말이다. 아니면 강사님은 솔직한 마음을 드러내는 것이 경찰관들의 마음 건강에 좋다는 뜻으로 말씀하고 싶으셨던 것일까? 잘 모르겠다.

예전에 교통조사계에 근무하면서 음주운전으로 단속되어 온 피의자를 조사했던 때 일이다. 자기는 절대 음주운전 안 했다며 거짓말로 일관하던 음주운전 피의자가 있었다. 반말을 은근히 섞어 쓰며 무시하는 듯한 말투. 아마도 내가 여자 경찰관이어서 더 그랬을까? 남자 경찰관이라면 언성도 높이고 위압감도 조성하고 순순히 자백을 받아 낼 수 있었을까? 끝까지 음주운전을 부인하던 피의자에게 그가 말하는 대로 피의자 신문조서에 그대로

다 받아서 작성해 주었다. 1차로 피의자 신문조서를 종료
한 뒤, 피의자가 음주운전을 하는 CCTV 영상을 보여 주
었다. 그제서야 꼬리를 내리며 자신의 음주운전을 인정
하는 것이었다. 2차로 다시 피의자 신문조서를 받으며 난
속으로 쾌재를 불렀다.

그 사람은 고작 단순 음주 사건 하나 조사하면서 내가
CCTV 영상까지 확보해 뒀으리라고는 꿈에도 생각지 못
하고 왔을 테지. 당시 시종일관 거짓말만 해 대는 피의자
때문에, 나는 얼굴이 벌게지도록 화가 머리끝까지 치미는
것을 꾹 참고 침착함과 평정심을 유지하려 노력했었다.
거짓말 좀 그만하라고, 음주운전 사실 인정하라고 화내고
소리치고 싶었지만 그러면 내가 지는 거라고 생각했으니
까. CCTV 영상을 찾느라 온 동네를 뒤진 건 그 때문이었
으니까.

사실 조사를 시작하기 전에 고민도 했었다. 그 사람한
테 CCTV 영상 먼저 보여 주고 음주운전 인정하는 신문 조

서만 한번 받고 말아 버릴까 하고. 하지만 내가 2회에 걸쳐 음주 부인과 음주 인정 조서를 받았던 건, 그 모든 과정을 서류에 남겨 놓고 싶어서였다. 그 조서가 아니면 그 사람의 나쁜 죄질을 남겨 놓을 방법이 없으니까 말이다.

하지만 민원실에 근무할 때는 이런 일도 있었다. 사기를 당한 어떤 민원인에게 고소장 쓰는 방법과 사건 처리 절차를 설명해 주는데, 얘기를 듣던 민원인이 자기는 지금 사기를 당해서 화가 나서 죽겠는데 자기한테 공감해 주면서 같이 피 고소인을 욕하고 화를 안 내준다며 오히려 나한테 화를 내며 서류를 집어던지는 사람도 있었다. 그때 그 사람과 같이 분노하고 공감해 주는 게 맞았을까? 글쎄다.

매 순간 질문한다. 매번 다른 상황들에 맞닥뜨리며 무엇이 옳은 행동이고 어떻게 대처해야 하는지를. 경찰 업무의 특성 때문일까. 나의 감정을 드러내는 것은 약점이 되는 경우가 많았다. 이런저런 일들을 겪다 보니 감정을 드러내고 일 처리를 하는 것보다 평정심을 유지하고 업무를 하는 것이 훨씬 낫다고 내 나름의 판단을 하게 된 건지도 모르겠다.

강의 막바지쯤에 스크린에 80세 노부부가 손을 꼭 잡은 사진을 보여 주셨는데, 사진 속의 마주 잡은 노부부의 두 손은 쭈글쭈글했고 80년 세월이 고스란히 느껴졌다. 할아버지는 결혼하고 평생을 할머니를 무시하고 구박하고 학대하며 사셨는데, 병원에 갔다가 위암 말기 판정을 받고 오시는 길이라고 하셨다. 할아버지는 오는 차 안에서 아무 말 없이 할머니 손을 꼭 잡고만 계셨단다. 그 뒤 할아버지는 몇 달 못 살고 돌아가셨다. 사는 동안 그렇게 힘들게만 하던 할아버지였다는데 할머니에게는 그날 병원에서 돌아오던 차에서 손을 꼭 잡아 주시던 그 기억만 남았다고 하신다.

감동적인 마무리로 강의가 끝나야 했는데, 조용하던 강당에서 누군가의 목소리가 들렸다. "그건 좀 아니지 않나요?"라고. 사실 나도 그렇게 말하고 싶었다. 누가 저렇게 용감한가 싶어 고개를 들어 보았다. 다른 직원들도 웅성 거리며 누군지 찾아보려 한다. 약간 마른 갸름한 얼굴의 여직원. 잘 모르는 사람이다. 쳐다보는 사람들의 시선에 도 아랑곳하지 않고 그녀는 한 번 더 작고 떨리는 음성으로 하지만 또박또박 자기의 생각을 말한다. 대단하다. 소심한 나라면 이렇게 사람 많은 강당에서 저렇게 말 못 했을 텐데. 무엇이 그녀에게 말할 용기를 불어넣은 것일까?

강사님은 그녀에게 그렇게 생각할 수도 있다고, 이해가 안 될 수도 있다며 공감해 주셨다. 자신도 불과 얼마 전까지 그랬다고. 그러면서 이야기를 하나 들려주셨다. 자기도 아버지를 미워했다고. 그 옛날 아버지께서 저녁에 술 드시고 집에 오시는 날은 그렇게 가족들을 때리고 힘들게 했다고. 초등학생 때 아버지는 어머니와 이혼하셨는데, 그 후 재혼하고 나서도 상황은 별반 달라지지 않았단다. 지옥 같은 그 집에서 벗어날 그날만 기다리며 살았다고 했다. 고학으로 어렵게 대학을 졸업하고 아버지와는 의절하다시피 살았는데 최근 다시 연락이 왔단다. 아버지께서 암에 걸리셨고, 치매 때문에 의사소통도 겨우 하시는 상태시라고. 곰탕 한 그릇을 포장해 들고, 아버지를 찾아뵈러 가는 길은 오만 가지 생각으로 마음이 힘들었다고 했다. 하지만 막상 약해진 아버지의 모습을 마주하고, 곰탕을 맛있게 드시는 모습에 아버지에 대한 그동안의 모든 원망과 미움이 마치 눈 녹듯 사라지더라고 하셨다. 강 사님의 솔직한 말씀에 모두 공감하는 듯했다.

하지만 나는 마음속에 계속 질문이 남았다. 누군가에 대한 원망이나 미움을 가진 사람의 마음은 지옥이다. 또 그 미워하는 마음에 갇혀 사는 시간도 지옥이다. 갑질을 당하는 순간뿐만 아니라 그 트라우마는 오래도록 남아 마음에 상처를 더한다. 성희롱 당하는 순간뿐만 아니라 살아가는 내내 불쑥불쑥 튀어나오는 기억에 그 사람의 삶은 지옥이 된다. 왕따는 당하는 그 순간뿐만 아니라 혼자 있는 순간이든, 남과 함께 있는 순간이든, 한참 세월이 지난 후가 됐든, 잊을 만하면 아픈 기억이 불쑥 튀어나와 마음을 헤집어 놓는다. 가족에게 학대받은 기억은 평생 마음에 남아 상처를 후벼 판다. 남을 미워하는 마음이 크면 클수록 그 삶은 지옥이 된다. 미안하단 말 한마디 없이 한순간에 그 모든 감정이 눈 녹듯이 사라지는 일이 가능할까? 정말일까? 상상도 되지 않는다. 사과를 받아들일 마음의 상태가 아닌데 상대방이 무턱대고 사과하면 그걸 또 받아 줘야 하는가? 왜 그래야 하는가? 그게 옳다고? 잘 모르겠다. 가해자는 자기가 한 일 모두 잊고, 신경도 안 쓰고 행복하게 살 텐데 말이다.

증오와 용서라는 감정은 남극과 북극 사이만큼이나 멀게 느껴지는 감정이다. 적어도 나한테는 그렇게 멀게 느껴졌었다. 그런데 강의를 듣고 난 후 내 생각이 바뀌어 가려 한다. 증오와 용서가 바로 종이 한 장 차이처럼 가까운 사이일 수도 있다고. 그럴 수도 있겠다라고. 증오와 용서라는 감정이 마치 손처럼 경계가 모호한 것이라는 뜻이겠지. 손을 펴 보면 손등, 뒤집으면 손바닥, 옆으로 손날을 세워 보면 어디부터가 손등인지 어디까지가 손바닥인지 그 경계를 알기는 힘들다. 손을 들어 어디서부터 손등이고 어디까지가 손바닥인지 이리저리 돌리며 살펴본다. 손등과 손바닥의 그 모호한 경계처럼 증오와 용서는 맞닿아 있어서 조금만 고개 돌려 옆을 바라보면 미움도 용서도 한 끗 차이라는 것일까. 용서하지 않고 가슴속에 담고 있으면, 사는 내내 계속 지옥 속에 있어야 하는 거지. 나만 손해인 거다. 세상살이는 예나 지금이나 쉽지 않기에 끊임없이 자신의 마음을 들여다보고 알아차려야 한다. 누구나 다 그렇게 각자 자신만의 아픔을 가슴에 안고 앞으로 나아간다.

* * *

집으로 돌아와 애들한테 먼저 씻고 잘 준비하라고 시키

고선 오후 내내 고민하던 숙제를 하려 한다. 엄마한테 전화해야 하는데, 무슨 말을 어떻게 꺼내야 할지 모르겠다. 평소 아무렇지 않게 누르던 통화 버튼인데, 이 버튼 하나를 누르는 데에도 용기가 필요하다니. 통화 버튼을 누르고 벨 소리 한번 울리자마자 바로 엄마가 전화를 받는다.

"엄마." 하고 부르기만 했는데 눈물이 날 것만 같다. 이런저런 잡다한 수다를 늘어놓으려는데 목이 메어 온다. 말이 턱 막힌다.

대뜸 엄마는 "와? 니 무슨 일 있나?" 하고 물어보신다. 눈치가 너무 빠른 우리 엄마다. 숨소리만 듣고도 어떻게 알았지? 그래서 그냥 덤덤하게 병원에 다녀온 사실을 꺼냈다.

"엄마, 사실은 나 병원 다녀왔어요…. 왜 지난달에 나 병원 가서 MRI랑 이것저것 검사했던 거 있죠. 그거 검사 결과 들으러 오늘 반가 내고 병원에 갔다 왔어요. 근데 나 뇌하수체 졸중이라네. 머리에 종양이 있는데 좀 크대. 근데 걱정 마요. 엄청 실력 좋으신 분이 수술하실 거예요. 열흘 후로 수술 일정 잡았구. 나 수술하면 병원에 좀 입원해 있어야 할 거 같은데, 엄마가 우리 집에 좀 와 계셔 주실 수 있어요? 엄마 힘든데, 넘 미안한데, 애들 맡길 사람이 엄마밖에 없어요."

엄마는 한동안 말이 없다. 엄마가 놀란 걸까? 문득 엄마 숨소리가 이상하다. 숨죽여 흐느끼시는 걸까.

"엄마 울어?" 엄마의 한숨 섞인 울음이 들리는 듯하다.

"에이 엄마. 나 죽을까 봐? 불효자 되기 싫어서라도 엄마보단 빨리 안 죽을 거니까 걱정하지 말래도요. 난 괜찮대두. 수술만 하면 돼. 별거 아니래. 잘될 건데 뭐."

"흐으윽…. 불쌍한 내 새끼. 니가 그동안 많이 힘들었던 가배."

엄마가 운다. 엄마는 평생 가야 안 울 것 같은 사람이었는데. 세상에서 제일 강한 사람인 줄 알았는데. 엄마가 소리를 죽이고 흐느끼신다. 전화를 끊고 나서도 엄마는 한참을 혼자서 서럽게 우실 테지. 가슴을 치며 통곡하실 테지. 불쌍한 우리 엄마. 나 없으면 어쩌지. 엄마한테 미안해서 어쩌지.

* * *

　남편이 아이들을 챙기며 잠자리를 준비한다. 나도 얼른 씻고 나와 아이들과 자리에 누웠다. 잠이 오지 않는지 아이들은 옛날 얘기해 달라, 끝말잇기 하자, 이야기 이어 붙이기를 하자고 졸라 댄다.

　"얘들아, 잠이 안 와? 그럼, 끝말잇기로 할까? 아니면 이야기 이어 붙이기로 할까?"

　"이야기 이어 붙이기요."

　"음, 좋아 딱 10분만 하는 거야. 누구부터 시작할까?"

　"엄마요."

　"좋아, 그럼 엄마부터 먼저 시작한다."

　옆에 누운 순서대로 나, 작은아이, 큰아이, 남편 순으로 이야기를 이어 나간다. 곰곰이 생각하다 먼저 운을 뗀다.

　"이 이야기는 아주 먼 미래의 이야기입니다. 우주에 대

폭발이 있어서 지구는 더는 태양 주위를 공전하지 않고 자전하지도 않습니다. 게다가 지구와 태양 사이에 금성이 가로막고 있어서 지구에는 태양 빛이 닿지 않게 되었지요. 빛이 사라진 지구에서는 더는 알록달록한 색깔을 볼 수 없게 되어 버렸고, 꽃도 식물도 없어진 지 오래입니다. 공기도 탁해져서 하늘은 언제나 회색빛으로 둘러싸여 있고, 오염된 공기 때문에 집 밖으로 나갈 때는 산소마스크를 쓰지 않으면 안 됩니다. 미래의 지구는 회색빛의 죽어 가는 행성이 되었습니다. 다음 터치."

"그 도시에는 재민이라는 남자아이가 살았습니다. 재민이가 산소마스크를 쓰고 밖을 나갔는데 갑자기 똥이 마려웠습니다. 급해서 이리저리 화장실을 찾았는데 우연히 버려진 공터를 발견했습니다. 주위를 살펴본 후 공터 구석에서 똥을 쌌습니다. 다음 터치."

"재민이는 똥을 다 싸고 나서 주위에 엉덩이 닦을 종이를 찾다가 공터 구석에서 삐죽 튀어나온 종이를 보게 됨니다. 땅을 파 보니 사진 한 장이었는데, 그 사진에는 해바라기꽃 그림이 그려져 있습니다. 재민이는 너무 예쁘고 강렬한 색깔에 호기심이 생겼습니다. 재민이는 그 사진을 들고 만나는 사람마다 이 사진 속의 그림이 뭔지 물어봤지만 아무도 이게 해바라기인지 알아보는 사람이 없었습니다. 다음 터치."

"그러다가 그 마을에서 제일 나이 많은 할아버지를 만났는데, 그분이 그 사진 속 그림이 해바라기꽃이라고 말을 해 줍니다. 자기도 실제로 해바라기를 본 적은 없지만 아주 어릴 때 사진으로 본 기억이 난다고 말입니다. 다음 터치."

"그래서 재민이는 혹시 지구 어딘가에 아직 이 꽃이 남아 있지 않을까 기대를 하게 됩니다. 재민이는 짐을 싸서 모험을 떠나기로 한 거죠. 챙겨야 할 게 많아요. 산소마스크랑 비상식량, 지도 등을 챙겨서 길을 떠납니다. 다음 터치."

"재민이는 길을 가다 우연히 어떤 아이를 만나게 되었습니다. 그 아이 이름은 우주였습니다. 우주는 집을 나오며 산소통을 충전해서 나오지 않아서 산소 부족으로 죽기 직전이었습니다. 어떻게 그런 말도 안 되는 실수를 하느냐고 타박하지만, 재민이가 산소를 나눠 줘서 우주는 겨우 살 수 있게 되었습니다. 둘은 그때부터 친구가 되어서 같이 모험을 떠납니다. 다음 터치."

"모험 중에 재민이와 우주는 많은 일을 겪게 됩니다. 갑자기 불어닥친 허리케인에 둘은 휩쓸려 날아가게 되었는데, 재민이와 우주가 떨어진 그곳에는 해바라기 꽃밭이 펼쳐져 있었습니다. 죽은 행성이라고 생각했던 지구에 햇빛이 들고 있는 곳이 있었던 거죠. 지구 주위를 돌고 있던 달에는 물웅덩이가 하나 있었는데 그 물웅덩이에 비친 태양 빛이 반사되어 지구에 빛을 비추고 있었던 거였습니다. 사진과 똑같이 키 큰 해바라기들은 태양을 향해 고개 들어 아름다움을 뽐내고 있었습니다. 처음 보는 해바라기가 너무나 아름다워서 아이들은 눈을 뗄 수 없었어요.

다음 터치."

"그곳에서는 과학자들이 모여서 연구를 하고 있었습니다. 지구의 환경오염을 해결하고 예전처럼 아름다운 지구를 만들기 위해서 말이죠. 다음 터치."

"과연 과학자들은 그 연구에 성공할까요? 지구는 다시 예전처럼 아름다운 별로 돌아갈 수 있을까요? 자, 다음 이야기는 나중에 또 상상해 보기로 하고 이제 마무리하자. 너무 늦었네. 얼른 자자."

끝날 것 같지 않던 이야기를 대충 서둘러 어찌어찌 마무리 지었다. 아이들은 재밌다며 계속 이야기 이어 붙이기를 하자고 조른다.

"안 돼. 늦었어. 이젠 정말 자야 해."

아이들은 안 자겠노라 투정 부리다가 손을 꼭 잡아 주고 콧노래를 흥얼거리니 1분도 안 되어 금세 코를 골며 잠이 든다. 그렇게 안 자려고 하더니만 언제 그랬냐는 듯

잠이 든다. 아이들은 노는 게 재밌으니까 안 자려고 하는 거겠지. 너희들은 살면서 재밌는 게 많아서 좋겠다. 아까 아이들과 했던 이야기 이어 붙이기를 생각하니 웃음이 난다. 이야기하다 보면 어디로 튈지 모르고 완전 생뚱맞은 이야기로 흘러갈 수도 있다. 그리고 이야기할 때마다 항상 등장하는 똥 이야기. 하긴 로또 꿈 중에 제일은 똥 벼락이라고 하긴 하더라만.

* * *

누워서 이래저래 아이들 생각을 하다 보니 지난주 비가 오던 어느 날 있었던 일이 생각난다. 오후 2시쯤 작은아이가 학교를 마치고 집으로 왔다. 아이는 집에 오자마자 손을 씻고, 물을 벌컥벌컥 마셨다. 왠지 모르게 평소와 다른 안색에 걱정스러운 맘이 든다.

"학교 잘 다녀왔어? 오늘 어땠어?" 하고 물어봤더니, "엄마, 오늘 있잖아요." 하면서 이야기를 시작한다.

"오늘 우리 반 수업이 일찍 미쳐서 시우랑 복도에서 수찬이를 기다리고 있었어요. 수찬이가 옆 반에서 종례 마치고 나오길래 장난친다고 내가 바깥 유리창 쪽으로 우산을 들고 자동 우산을 발사하는 시늉을 했어요. 그런데 그때 옆 반 선생님이 나보고 복도에서 위험한 장난친다고 혼내길래 내가 선생님께 주위에 사람 없는 거 다 확인했다면서, 안전한 거 다 확인하고 그리고 난 뒤 우산을 창문 쪽으로 향한 거라고. 장난으로 흉내만 낸 거라고 그렇게 말씀드렸는데도 말대답한다고 나한테 혼을 더 많이 냈어요."

아이는 억울한 생각이 들었던지 눈물 한 방울이 툭 떨어진다. 아이의 눈에서는 눈물방울이 계속 맺혔다 떨어졌다 한다. 나는 가만히 이야기를 들어주며 한 손으로 어깨를 안고 손을 꼭 잡아 주었다. 아휴, 이 바보. 순둥이 같은 널 어떻게 해야 할까. 엄마는 사실 너희를 나쁜 남자, 강한 남자로 키우는 게 목표였거든. 그런 일로 닭똥 같은 눈물을 흘리며 우는 널 보니 엄마 꿈은 물 건너간 거 같네. 그날 엄마가 집에 없었다면 아마도 넌 혼자서 울고 있었을 테지.

머릿속에 오만 가지 생각이 들었다. 내가 무슨 말을 해주어야 아이의 마음을 위로할 수 있을까? 어떻게 하면 이 상황에 대해 지혜로운 답을 줄 수 있을까? 이 문제를 어떻게 현명하게 해결해야 하나?

"사실 엄마도 그런 적 있어. 엄마도 앞뒤 사정 잘 모르고 너한테 혼을 내는 경우가 있잖아. 나중에 네가 이러저러한 합당한 이유를 말하면서 엄마가 틀렸다고 얘길 해. 그런데 엄마는 말대꾸한다고 오히려 너한테 화를 내는 거지. 엄마가 오해한 부분이 있다면 바로 쿨하게 인정하고 너한테 미안하다고 사과를 해야 하는 게 옳은데 말이야. 그런데 부끄러운 말이지만 어른이 되면 사과라는 걸 잘 못하게 되는 거 같아. 이런 말 이해되니? 좀 복잡하지. 어떤 뜻인지 느낌이 와?" 아이는 고개를 끄덕이며 이해했다고 한다.

"엄마는 옆 반 선생님 말씀도 이해되는 부분이 있어. 무슨 일을 예로 들어야 네가 이해가 쉬울까? 음. 너 지난주 일요일에 친구들하고 아파트 놀이터에서 놀았었잖아. 어떤 친구가 휴대전화 넣은 가방을 빙빙 돌리다가 너 팔꿈치에 맞았었지? 팔에 시커멓게 멍이 들어서 왔었잖아. 그때 팔에 멍든 거 보고 팔꿈치 관절 부분이라 혹시 성장판이 다친 거 아닐까 하면서 엄마가 걱정했었던 거 기억나니? 파스 붙이고 한밤 자 보고 나서 병원 가자고 했었잖아?

그런데 만약 놀이터에서 너희들 놀 때 옆에 어른이 한 명이라도 있었으면 네 친구한테 위험하니까 휴대폰 가방 휘휘 돌리지 말라고 주의를 주었을 텐데. 다른 친구가 부딪혀서 다칠 수도 있다고 누군가 한 사람 말이라도 해 줬다면 네가 그때 다쳤을까? 엄마는 그때 일이 생각이 나. 오늘 그 선생님도 너한테 예방 차원에서 미리 주의를 주신 거라고 생각하면 어떨까?" 아이는 어느새 눈물이 그치고 내 말을 가만히 듣고 있다.

"두 가지 방법이 있어. 첫 번째 방법은 엄마가 학교에 전화해서 옆 반 선생님이랑 통화해 보는 거야. 어떻게 된 상황인지 선생님께 여쭤보고, 네 입장을 설명해 드릴 거야. 네 말대로 선생님이 오해하신 거면 너한테 사과해 줄 수 있는지 부탁드려 볼 거야. 두 번째 방법은 그냥 대수롭지 않은 일이라고 마음 넓게 생각하는 거야. 아니면 네가 길을 걸어가는데 하늘에서 갑자기 새똥이 떨어진 거로 생각해도 좋고. 엄마는 네가 원하는 대로 해 줄게. 어떻게 하면 네 마음이 좀 풀어질 거 같니?" 아이는 곰곰 생각한다.

"엄마가 선생님께 전화드릴까?" 아이는 "아니." 하면서 고개를 젓는다.

아이는 피식 웃으며 "새똥이 하늘에서 뚝"이라고 한다.

"그래? 그렇게 생각할 수 있겠어? 마음 넓게 툭툭 털어버릴 수 있겠어? 개똥이든 새똥이든…." 나도 같이 피식 웃어 준다. 일단 아이들은 똥 얘기가 나오면 분위기가 좀 풀어지는 것 같다. 우리 애들과의 이야기에 항상 등장하는 단골손님, 똥. 애들은 똥 이야기만 하면 피식 웃음부터 나는 듯하다. 애들은 똥 이야기가 왜 그렇게 좋을까.

"맞아. 살다 보면 선택해야 할 순간이 참 많아. 지금 네가 고른 게 옳은 선택일 수도 있고 아닐 수도 있어. 엄마도 살아 보니까 그렇더라. 사무실에서 일하다 보면 억울하고 분한 일이 많거든. 그런데 그런 일에다가 일일이 화내고, 남들과 싸우고, 사과받고, 바로잡으려고 하면 피곤한 일이 더 많이 생기더라고. 그럴 땐 재수 없는 날이라고 생각하기도 하고, 미친개가 짖는다고 생각하기도 해. 일일이 사람들 하고 싸우기보다는 어느 정도 적당한 선에서 타협하게 되더라고.

하지만 너보고 무조건 참으라는 건 아니야. 말할 때는 해야지. 할 말은 하고 살아야 하는 거야. 만약 그런 기분이 나쁜 상황들을 너무 쉽게 넘어가다 보면 너를 함부로

막 대해도 되는 사람으로 여겨지거나 호구 취급을 받을 수도 있어. 너도 호구 되는 건 싫지? 한번 생각해 봐. 넌 아직 어리니까 그런 상황들이 이해가 잘 안 될 수도 있고, 억울할 수도 있어. 하여튼 엄마는 무조건 네 편이야. 네가 원하는 대로 도와줄 테니까 생각해 보고 얘기해 줘." 아이는 이제 완전히 기분이 풀렸는지 눈물도 그친 듯하다.

땅에 떨어진 주워 온 상처 입은 맨질한 아기 새가, 깃털도 안 난 작은 생명이 어느새 나의 돌봄으로 기운을 찾고 솜털이 보송하게 나서 여기저기 기웃거리며 탐색하느라 정신이 없는 것처럼, 너는 언제 그랬냐는 듯 잘 논다.

돌이켜 보면 나조차도 고집이 세고 사과를 잘 못하는 사람이었다. 뻣뻣하고 자존심 센 융통성 없는 사람. 내가 그런 사람이었다. 그랬던 내가 아이들을 낳고 키우면서 여러 상황에 부딪히고 여러 가지를 결정해야 할 상황에 맞닥뜨린다. 아이들과 살면서 제일 먼저 배운 건 사과다. 내가 잘못한 게 있을 땐 빛의 속도로 빠르게 사과한다. 빠

른 인정, 빠른 사과야말로 최고의 방법임을 배운다. 유행
하는 사투리로 이렇게 말하곤 한다. "사과? 그기 머시라
꼬.", "사과? 그까짓 거 뭐." 이러면서 말이다. 그래서 요즘
은 쿨하게 "미안." 하고 아이들한테 먼저 사과를 한다. 우
리 애들한테 내가 자존심 세워서 무슨 부귀영화를 누리겠
다고. 애들 이겨 먹어 봤자 나한테 무슨 엄청난 이득이 있
겠는가 말이다. 부모와 자식 간에 상처 안 주고, 서로 존
중하고, 인정해 주는 게 서로 윈윈하는 방법이다.

엄마 공부도 제대로 못 하고 준비 없이 엄마가 되어 버
린 나. 난 아직도 아이들을 키우면서 겪는 많은 상황들,
그리고 아이들한테 받는 질문들이 항상 어렵고 당혹스럽
다. 이런저런 육아서를 읽어 봐도 부모 교육을 받아도 매
번 다른 케이스들, 어떻게 똑같은 사례는 하나도 없는 건
지. 아이의 질문에 어떻게 대답하는 게 옳은지, 어떻게 대
처하는 게 상황에 맞는지 가르쳐 주는 데도 없고, 정답도
없다. 그냥 그때그때 상황에 맞게 아이들과 함께 해결점
을 찾아가는 수밖에. 난 항상 말한다. 너희들은 내 선생님

이라고. 너무나 어리석고 미숙한 내가 아이들과 같이 크고, 배우고, 성장해 나가는 과정에 있다고.

* * *

비가 추적추적 오는 캄캄한 밤이다. 여긴 어딜까. 어두워서 잘 모르겠지만 옛날에 살던 우리 집인 것 같다. 중학교 때 살았던 2층짜리 단독주택이다. 옥상이다. 비가 온다. 옥상 난간 위 모서리에 내가 올라가 서 있다. 온몸은 비에 젖어 춥다. 나는 노란 바탕에 흰색 땡땡이무늬 우산을 왼손에 들고 있다. 옆집과 우리 집 사이 벽에서 골바람이 휘몰아치며 올라온다. 사방에서 비가 이리 때리고 저리 때린다. 휘청이는 내 몸은 금방이라도 떨어질 듯이 위태롭다.

옥상 난간 아래에선 엄마가 발을 동동 구르며 서 있다. 네가 거기 왜 올라가 있냐고. 위험하니까 제발 빨리 내려오라고 난리다. 엄마는 울면서 조심조심 다가와 손을 내민다. 어서 엄마 손 잡으라고. 이쪽으로 발 디디라고. 하지만 엄마를 보는 내 얼굴은 아무 생각 없이 무표정하다. 초점 없는 텅 빈 눈동자. 멍한 상태로 주위를 둘러본다. 그러다가 갑자기 나는 노란 우산을 위로 향해 쳐들고 손잡이에 자동 단추를 꾹 누른다. 노란 땡땡이 우산이 촤악 펴지면서 갑자기 돌풍이 불어와 내 몸이 부웅 떠오른다. 내 발이 공중으로 떠오르려는 찰나 갑자기 엄마가 달려들어 내 다리를 붙잡아 꽉 안는다. 붕 떠오르려던 내 몸은 아래로 확 당겨져 내린다. 엄마와 나는 옥상 바닥에 같이 넘어지며 뒹군다. 엄마가 나를 끌어안고 엉엉 운다. 차가운 빗줄기를 온몸에 맞고 있다.

갑자기 눈이 번쩍 떠졌다. 뭐지? 꿈인가? 평소 꿈을 잘 꾸지 않는 편인데 무슨 이런 꿈을 다 꾼 거지. 그리고 난 언제 잠이 든 거지? 아이들과 이야기하다 어느새 잠이 들었던가 보다.

목이 말라 일어나서 주방으로 물을 마시러 간다. 입안에 머금었던 시원한 물이 목구멍을 지나자마자 잠이 확 깨는 듯하다. 그 꿈의 의미는 뭐였을까? 앞일을 미리 보여 준다는 예지몽인가? 그럼 혹시 난 죽는 걸까? 아니다. 꿈은 무의식을 반영한다는 말도 있잖아. 그럼 내 무의식 저 깊은 속에서 죽고 싶다는 생각을 하고 있었던 걸까? 꿈속에서 내 무표정했던 얼굴이 계속 생각난다. 마치 삶의 끈을 놓으려 했던 텅 빈 눈빛. 나 힘들어. 이제 모두 그만하고 싶다. 눈은 그렇게 말하고 있었다. 정말 내가 꿈속에서 죽으려 했던 걸까? 꿈속의 난 왜 그랬을까….

내 마음속 저 깊은 곳 어디쯤에선가 아마도 나는 죽고 싶다는 생각을 했나 보다. 그동안 내 마음속을 제대로 들여다보지 않았다. 괜찮다며 대수롭지 않은 척 참고 넘긴 기억들. 바쁘다고 제대로 들여다보지 않았던 저 밑바닥에 가라앉아 있던 해묵은 감정들이 수면 위로 올라와 갑자기 쓰나미처럼 나를 집어삼킨다. 제대로 말도 못 하고 악으로 깡으로 버텨 온 지난 힘들었던 기억들이 주마등처럼 스쳐 지나간다. 나를 돌보지 않았던 내가. 힘든 나를 외면했던 내가. 나를 채찍질하던 내가. 나를 사랑하지 않던 내가. 그동안 힘들었노라 나한테 소리친다. 나 안 괜찮다고. 나 힘들다고… 자기를 돌아봐 주지 않는다고 한꺼번에 원망을 쏟아 낸다.

첩첩이 쌓인 스트레스, 울화들이 갈 곳을 잃고 내 머릿속에 종양으로 자리 잡은 걸까. 이 둔해 빠진 몸뚱어리에 여러 번 경고했음에도 바보같이 못 알아차리니까 이젠 마지막으로 방법으로 나한테 총파업을 선언한 것 같다. 나는 무섭다. 수술하는 것도 무섭고, 수술이 잘못될까 하는 걱정에도 무섭다. 흘러내리는 눈물을 닦을 생각도 않고 그냥 앉아 있다. 끅끅 소리를 죽여 가며 그렇게 한참을 울었다. 컴컴한 어두운 거실에 불도 안 켜 놓고 혼자….

언제 새벽이 된 건지…. 창밖에 저 멀리 희끄무레해지

는 듯하다. 지금 안 자 두면 내일 못 일어날 텐데…. 억지로라도 자야 되는데. 아이들 이불을 잘 덮어 주고 다시 자려고 눕는다. 아야. 다리가 저리는 것 같은 뭐라 설명할 수 없는 불편함이 느껴진다. 다리를 꾹꾹 주무르는데 손으로 누른 자리가 조금 뒤에 올라온다. 오늘 많이 걸어서 다리가 부은 건가? 붓기가 좀 가라앉을 때까지 한참을 주물러 본다. 그러다가 누워서 발끝을 세웠다 눕혔다 하면서 까딱까딱 스트레칭도 해 본다. 아까의 불편한 느낌이 많이 나아진 듯해 다시 잠을 청한다.

* * *

시끄러운 알람 소리가 꿈결처럼 들린다. 잠깐 눈을 감은 듯했는데 벌써 아침인가? 상체를 일으키려는데 몸이 안 움직인다. 어라. 이상하게 캄캄하다. 꿈인가? 손을 움직여 알람을 끄려고 하는데 손가락 하나 움직여지지 않는다. 목소리를 내어 남편을 불러야 하는데 목소리가 안 나온다. 알람 소리가 너무 시끄럽다.

남편이 잠에서 깼는지 나를 부른다. 불러도 내가 일어나지 않자 남편이 일어나서 계속 시끄럽게 울려 대는 알람을 끈다. 내가 곤히 자는 줄 알았던지 남편이 일어나 주방으로 가 아침 식사를 준비한다. 남편이 아침 먹자며 아이들을 부르는데 애들은 일어나기 싫은 듯 칭얼거리며 이리저리 뒤척거린다. 큰아이가 갑자기 무언가에 놀란 듯 갑자기 소리친다. "아빠, 아빠, 엄마 코피 나요. 빨리 와 보세요." 나를 흔들어 깨우는 남편과 아이들. 나는 축 늘어져 계속 정신을 못 차린다. 남편은 뭔가 잘못된 것을 느낀 듯하다. 119에 전화를 해서 빨리 와 달라고 요청하는 남편 목소리가 들린다. 아이들은 엄마를 부르며 계속 울고 있다. 멀리서 119 사이렌 소리가 들린다.

☾

더 데이

ⓒ 지니, 2023

초판 1쇄 발행 2023년 11월 11일

지은이   지니
펴낸이   이기봉
편집   좋은땅 편집팀
펴낸곳   도서출판 좋은땅
주소   서울특별시 마포구 양화로12길 26 지월드빌딩 (서교동 395-7)
전화   02)374-8616~7
팩스   02)374-8614
이메일   gworldbook@naver.com
홈페이지   www.g-world.co.kr

ISBN   979-11-388-2462-0 (03810)